生活志文丛

孔雀的呼唤

草白——著

天津出版传媒集团

百花文艺出版社

图书在版编目（CIP）数据

孔雀的呼唤 / 草白著. -- 天津：百花文艺出版社，
2024.6
ISBN 978-7-5306-8800-7

Ⅰ. ①孔… Ⅱ. ①草… Ⅲ. ①中国文学–当代文学–
作品综合集 Ⅳ. ①I217.2

中国国家版本馆 CIP 数据核字(2024)第 110876 号

孔雀的呼唤
KONGQUE DE HUHUAN

草白 著

出 版 人：薛印胜
策划统筹：汪惠仁　张　森　　封面设计：蔡露滋
责任编辑：沙　爽
出版发行：百花文艺出版社
地址：天津市和平区西康路 35 号　　邮编：300051
电话传真：+86–22–23332651（发行部）
　　　　　+86–22–23332656（总编室）
　　　　　+86–22–23332478（邮购部）
网页：http://www.baihuawenyi.com
印刷：天津新华印务有限公司
开本：787 毫米×1092 毫米　　1/32
字数：150 千字
印张：7.5
版次：2024 年 6 月第 1 版
印次：2024 年 6 月第 1 次印刷
定价：39.00 元

如有印装质量问题，请与天津新华印务有限公司联系调换
地址：天津东丽开发区五经路 23 号
电话：(022)58160306　邮编：300300

我们需要什么样的身体

——序"生活志"文丛

从出发点到归宿,陪伴我们一路的,是我们自己的身体。

生活记录在我们的身体里。

世界记录在我们的身体里。

生活与世界被我们怎样记录,我们就怎样被生活与世界记录。

我们要记录的也许太多,我们也许会抱怨笔墨不够;我们也许会担心,世界只记录了我们卑微的一面。

但始终只有一种身体是没有抱怨没有担心的:它看见了繁华,也目睹了凋零;它看见了洪流,也采撷了浪花;它无视成见,勇敢地踏入观念的"野外"……

——这样的身体,它无须抱怨,无须担心;笔墨也许会遗漏,世界也许首先记录的是你卑微的一面;但这样的身体,是敞开的身体,是生长的身体,是可以反观的身体,是可以由是反观"身体"的身体，是值得信赖的可以作为"生活志"的身体。

文字的身体固然不能全然跳出权力的叙述，但它可以努力展示自己与生活是怎样被权力叙述的。

汪惠仁

目　录

带灯的人

祖母的一生致力于制造炊烟，即使在年老体衰、摇摇晃晃的暮年，还习惯像先人们那样生火做饭。古人用木和金燧火，用石头敲出火，祖母用的是火柴，那种涂着红色易燃物的火柴头，很方便制造出火花，也很容易因受潮而覆灭。当火柴逐渐退隐，打火机取而代之，祖母娴熟地用打火机点燃松针、麦秸秆、铁狼萁，或许还有烟蒂。她习惯在喂柴的时候吸烟，火光和烟雾在她脸上聚拢起来，又慢慢散逸开去。她对木柴、灶台和烟熏火燎的岁月的挚爱，是从小使用电炒锅、以吃外卖为主长大的人所无法体会的。她本能地弃绝电饭煲、燃气灶等一切可以使饭菜快速熟透的烹煮工具，并表现出顽固的对抗姿势。那张皱纹密布的苍灰色的脸因长期暴露在烟雾之中，而分辨不清到底属于哪朝哪代。偶然看到那张脸庞的陌生人，大概是要惊吓地狂奔而去；就连熟识之人也不忍细加打量，就像创作者不忍对可怜之人过于苛责，那将是双重的打击、加倍的残忍。

说什么都太晚，祖母已至老境，耄耋之年，不能一口气说太多话，不能一下子走太长的路。我在不算遥远的童年时代所遇见的那个人，比眼下的她可要年轻得多，至少腿脚灵便，说话之声哪哪响，将山核桃和脆锅巴也咬得嘎嘣响，还没到要人搀扶和庇护的地步。很快，她就迎来这一天。不知从什么时候开始，或许当所有的时间都浓缩成一股飓风吹向她的脸庞和发梢，她便成了那副让人害怕的模样。

一阵轻飘的风或一片摇摇欲坠的树叶，都可能让她摔跤。即使没有风，她也能将自己绊倒在床沿前、井台边，哼哼唧唧，无法动弹。她齿牙脱落、肌腱受损、骨头断裂，最终一劳永逸地将自己送到病床之上。即使到了这一步，她还如此傲慢，不近人情，拒绝暴露自己的身体，拒绝以任何途径获得他人关注，并将此视为奇耻大辱。最终，她只能将自己化作一道温热的火光，一阵轻盈的烟雾，飞往另一个世界。

整个过程迅疾、酷烈，让人不忍卒视。即使如此，她仍然是那间宅屋里活得最久的人。是上天选择了她，让她成为最后离开的人。在独子和丈夫相继过世后，她房门紧闭，独坐阁楼之上。她避人耳目，自己将自己藏匿起来。现在回想起来，无论多么长寿之人，人世的日子都是短的。人们要死那么久，却只能活短短几十年，甚至比不上木头墙壁里寄居的虫蚁，只要木头不腐，房梁不倒，便可生生不息。

如果不是断骨，不是要将身体隐私毫无尊严地暴露在人前，她或许还能活得再久一些,哪怕只是苟延残喘,哪怕胸膛之内只有微弱的气息流淌,她也会活下去。她并不排斥活着的日子,她熟悉那种感觉,并多少拥有一些算不上宝贵的经验。她知道如何将樟脑丸包裹起来,不让它们直接接触薄软、滑凉的衣物。她还知道最好的引火物是干燥的松针、质地松软的木柴以及所有含松脂的木料。至于如何救活一簇奄奄一息的火苗,如何在炎热难耐的长夏午后只以一柄蒲扇来对抗蚊虫和酷暑,如何在滴水成冰的日子给饭菜和自己的膝盖保暖……所有这些,她都有自己的一套。

只是,现在的冬天越来越仓促,往往寒冷还没真正开始,便提前传来衰歇的信号。盛水缸被冻裂的辰光、屋檐下悬挂冰凌的时日,早已一去不复返。下雪的日子越来越少。即使是越来越稀薄的雪,像一条破毯子似的丝丝缕缕的雪,祖母也独自看了很多年。

从前,檐下有燕子呢喃,后院有哑巴学语。现在,家人、哑巴和燕子都离开了。窗户被垒起的木柴封住,只够漏进一些微光。光线落在陶罐、酒瓮、瓶子和碗钵上,也落在油腻腻的毛状灰尘上,它们板结成团,不轻易挪动位置,衰老的人早已学会与其和平共处。某次织网或诵经的间歇,祖母倚在窗前休憩,将花白的脑袋无限靠近外面的声响和光,但绝不探出头去。她不想被注视、呼唤和谈论。

每次想起祖母,脑海里浮现的总是那个小小的身体在灰暗屋宅里踽踽独行的场景。一个头发灰白的老太太,在堆积着南瓜和土豆的屋角落里走来走去。丰收的果实充满她的小屋,时间的蛛网结在橡木与屋梁之上。四季步履蹒跚地从她窗前爬过。青苔趴在石头缝里，最终爬上高高的墙头。不远处是日夜奔走的溪流，永远在那里流着，不停地流着。生老病死、婚丧嫁娶，不过是枝上结出了果子，又坠落了果子。她的世界孤单却完整。那间屋子也是完整的，处于孤独的上升期的屋顶与阁楼，充满梦幻色彩的廊檐、天井、马头墙，还有楼梯和雕花门窗所通的往昔的旖旎世界，不期而至的风雨、冰霜、闪电和月光也属于这间家宅的馈赠物。不能没有这些。这座有空间根基的宅屋，好像是大地之上长出的植物，是私人宇宙的中心。无论从梦境还是现实的角度看，它都是完整的，一座房屋该有的它都有。

祖母在老家屋宅里安然入睡，我却在无法忍受的噪音里失眠。一开始是租来的房子，许多人共处一室，别人的脚顶着你的脑袋，说话之声嘈嘈切切，不绝如缕。这世上真有如此逼仄的空间，这空间里全是密密麻麻的人，交换着站立与躺倒的姿势。后来，情况好些了，可以找到离阳光近些的、站在窗前可以看见绿树的房子，幸运的话，还能看到河水。无疑，离家之人从来没有放弃过对家宅的寻找。很快，他们就找到那样的地方，比鸽子笼更大一些的地方。那是由不同功能的房间所组合而成的套间，所有物品都可以找到它的摆放位置，沙发、床、书桌椅、台灯，还有书架，都在视线之内一览无余的地方。它类似于蜗牛的壳、虫蚁的洞穴、乌龟身上的硬质铠甲。即使小，也是宇宙的核心，各种力量的汇聚之地。你以为自己真的找到那种地方——全宇宙中心最静谧的所在，但你很快发现，你的左边、右边，你的头顶和脚底下全是人，是深夜里的人声、下水声和油锅爆炒声,你们之间以管道相连,以电线相连,以深夜里的呼噜声和梦话相连。

当然,最重要的连接来自叫作"电视机"的家用电器。那些年,它们在无人的房间里代替人与观看者讲话、互诉衷肠,制造"高朋满座"的假象。祖母的房间也有电视机,起先是十四英寸,后来变成十七英寸、二十一英寸,由黑白换成彩色,电视节目更是一茬茬地变换,老演员生下小演员,这个剧里的小女孩在另一出剧里当上孩子的妈,甚至还有年纪轻轻就死去的女演员,某著名主持人以及专门以逗乐为能事的小品演员的名字也赫然列在死者名单上。当然,电视之外,这座屋宅里的人也在一个个离去,他们在体育解说员的慷慨陈词中、在保健品和汽车广告的轮番轰炸下进入弥留之际。祖母是家里唯一能把众多电视连续剧看到"剧终"的人,谁也没有她看的电视多,连广告也不放过。很多年后,祖母也进入弥留之际,她躺在那个没有电视机的临终的房间里,叫嚷着要把电视关掉,说里面的人吵到她了;从前是那些从来没有见过面的人陪伴着她,到最后关头,也是那些从来没有见过面的人打扰了她。

当她在电视里看见高楼、街道、红绿灯、穿梭往来的汽车以及从汽车里走下来的人时,大概也会想起我。十六岁那年离家之后,我便住到她从来没有去过,也永远不会去的地方。她知道,我就住在她在电视里经常看到的那种"鸽子笼"里,还会坐那种车身很长、车上设有广播装置的车子去上班,有空的时候去那种有一点点水的公园里划船。说是"船"不过是改造成动物形状的小铁皮,大多是鸭子造型。岸边还有拍照的人，这样的照片在被塑封后大概不止一次地寄回家里去——被祖母耻笑成旱鸭子戏水。电视让她见多识广，让她轻松识破骗子伎俩，也让她失去部分自己的生活。

很显然，那个伸着触须的黑匣子所提供的生活更加绚丽多彩。它可以提供任何地方、任何种类、任何维度的生活，古代的现代的、凄惨的欢乐的、虚假的真实的，应有尽有，但不负责提供具体的感受。当然，祖母老了，也不需要这种无用的东西。足不出户的她在观看电视时就能将世界一览无余，这在过去，无论如何也无法办到。

祖母仰面凝望匣子里的生活，目光在玻璃窗、水泥楼梯、曲曲折折的管道上攀爬，眼神投注在一个个长形或方形的格子上。某个时候，她忽然发出轻蔑的笑。她环顾自己的家宅，再看看那些被整齐分割的、像抽屉一样的"鸽子笼"——它们还没有她家里的谷仓大，还不如她后院的兔子房大，反正它们看上去都好小。她全然沉浸在自己的世界里，认为屋宅之外的空间混乱不堪、一无是处。那个世界的老人好像不是自己的同类，居然住在那么高的地方——比她房前的楝树还高，像是住在高高的树杈上。总有一天，他们会像熟透的果子那样掉落下来，像树梢上的絮状物被风吹到深深浅浅的沟渠里。

从祖母的视角看世界，世界在一刻不停地滚动着、旋转着，风风火火，摧枯拉朽，却一无是处。那是别人的世界。她的世界在尘埃弥漫、蛛网遍布的角落里。她甘愿缩作一团，她的脸和身体也渐渐呈皱缩状态，就像很多年前她曾饲养过的蚕茧。可她毫不在乎。

祖母睥睨众生的表情至今还清晰地印在我记忆的板壁上，不知是谁给了她那样一副骄矜自满、不可一世的神气，难道是来自电视的无上馈赠？一个蜷缩在犄角旮旯里的老人面对鲜乐缤纷、花香馥郁的世界应该感到羞愧才是，而浮现在祖母脸上的表情除了骄傲还是骄傲，这实在毫无道理可讲。

　　曾萌发带祖母到我生活的地方见识一番的念头，坐白色的快车或绿色的慢车都可以。我还有时间给她讲讲未来人类可能经历的生活，那是我和她都没有办法抵达的生活。但终究没有这么做。每次从外面回到古老的屋宅里，满脸羞愧地站在她面前——我等着回答她的问询，哪怕是领受她的训斥，我为自己居然过上与过去完全不同的生活而庆幸而自得而羞愧。如果这时候祖母提出那种要求，哪怕是让我难堪的要求，我也不会拒绝。很多老人千里迢迢跑到某个地方，只为了拍照，他们占有这个世界的方式就是不停地拍照，把世界缩影在一张白纸上，便于随身携带。这是很好的安慰心灵的方式，我以为祖母也需要这样的方式。

　　可她在观看了足够时长的电视节目之后，对此也产生了厌倦。在此之前，她可不是这样的。她总是得意扬扬地说，这是东方明珠，这是天安门广场，这是万里长城！可它们看上去并不怎么样啊——后来，当她这么说的时候，我即刻打消带她去远方"遨游"的念头，她只需要在她自己的屋宅里"遨游"就够了。另有一些时候，相似的念头又会顽固地升起，她真的应该去外面看看，哪怕仅此一次，哪怕她实际感受到的只有喧嚣的噪音和肮脏的尾气。

毫无疑问，我不会真的鼓起勇气提出这样的建议，除非提出这个建议的人是她自己。但她永远不会这么做。祖母有一根竹制的"痒痒挠"，她对它的喜爱甚至超过任何儿孙，儿孙不可能时时刻刻在侧帮她解决难忍之痒，"痒痒挠"却可以。激动欢喜之余，她肉麻地称之为"我的宝贝""我的如意"。她总是说，我从不求人的！言下之意，如果真的要求，她求的也只是"痒痒挠"！不用说，这个长柄、一端有弯形梳齿的小物件帮助祖母解决了几乎所有难题。隐秘难熬的岁月，亲人离散的日子，她唯一能依靠的只有它了。

既然有了这件"不求人"的器物，有了它可暗通款曲、互诉衷肠，既无限信赖于它，也能将隐私向它无尽敞开，祖母怎么会与他人（哪怕是亲人）提及不切实际的要求呢？所以，她能铁骨铮铮地说，我从不求人！她只求己，求"痒痒挠"，求时间的馈赠与流逝，求手上的梭子穿越墨绿色的渔线时最好不要发出任何声响，她不要听见大海的咆哮声、风暴中船只的触礁声，也没有深夜里双眼紧闭时所产生的声音幻觉。

祖母的一生依赖双手和嘴来劳作，她先是以双手编织渔网，后来则是不间断地诵经。她织网，编织着一个个充满漏洞的世界——这是她的祖母、祖母的祖母都可能涉足的营生。它不再是营生，而成了先人之间的对话方式。她们通过无数的网结、孔隙以及作为标志物的红绿布头，通过自相矛盾、无法被拆除的方式，彼此联结在一起。祖母不分昼夜，打下一个个、无数个结，那些纵横的结合、经纬的交点，既是现实世界存在的印证，也是对自身所属角落的心灵定位。

与先辈们不同的是,祖母生活的时代是所有时代的总和,也是它们的终结。她的编织生涯戛然而止,它被打断了,准确地说是被无情地取代了。渔网不再是古老的渔猎工具,它成了速成品,是流水线上的一环。相应的,它所对应的猎捕事业也成为杀戮和牟利的工具、商业时代的资本增值魔方,再也听不到来自深暗世界里的呐喊。

没多久,祖母以念经取代织网。她整日端坐阁楼之上,双眼微闭,好似在用另一种方式聆听外界动静。窗外,蜿蜒的青色山脉似回忆中的往昔,亲人故交慢慢进入那草木葳蕤的世界。头脑中的经文却源源不断奔流而来,无须任何思索,便自动呈现。那些声音使楼阁上的空间变大,一切都在增大,好像她不是坐在宅屋的阁楼之上,而是在不断生长的树木与树木之间。她占据了中心地位。这么多年,她始终以为自己占据的是这个世界的中心。

祖母所在的屋宅属于海边山地一隅,在它四周常年演奏着风与大海的乐章,无穷尽的山林环绕着它,并从高处俯瞰着它。对这一切,祖母一无所知。她去过的最远的地方如今成了谜。有人说她去过上海,也有人认为她脚步所及最远之地不过是镇上混乱的街市。她织好的渔网就是送往那里。某一天黄昏,她从那里回来之后,再也没有在距离家宅五十米开外的地方活动。

那些年里,祖母好似成了远古时代的人物。当母亲告诉我她开始诵经,并且以此为生时,我毫无障碍地接受了这个新形象,好像这就是祖母该走的路，她总有一天会走到这条道路上。颓败屋宅里的人从渔网的编织术中挣脱出来，开始致力于给远去之人送去最后的安慰。那些被反复念诵的经文，与当初打下的结一一对应，有多少网结便需要多少重复出现的诵经声，它们在祖母干枯的胸膛里涌动着，如汩汩不息的暗流。

一开始，那些找她购买经文的人，还会狐疑地望着她。怎么回事？难道这些堆积如山的东西，它们都是真……真的？真的有用吗？真的有神圣的经文附着其上？

他们对金黄色的、来自干燥大地的麦秸秆的质疑，惹怒了祖母。她不知道世道的衰微是从人们开始怀疑一颗土豆、一枚松果、一粒麦子的真实性开始的。他们从祖母手里接过东西便惊慌失措地逃走了。他们被她的怒气吓着，暂时忘却内心的质疑。

离家渐久，逐渐忘记祖母的脸，甚至无法回想她怒气冲天的模样。但祖母阁楼之上诵经的形象却在不断放大，它们逐渐脱离阁楼和她所置身的天地，成为我熟悉的书本里的形象。我常常将过去时间里的人与熟悉的书本里的人物进行比较，并将两者混为一谈。自十二岁离开祖母的屋宅，我在回忆中不断修定她的形象。它们不断增多、放大、逸出，一种不断变化的关于祖母的形象已经在我的脑海里扎下深根，死亡只能让这个形象进入更加迷离、惝恍的状态，而不是彻底消失。

祖母的一生几乎没有离开过自己的屋宅，只有在那里，她才可以随心所欲，可以骄傲蛮横，可以怒气冲冲。那里是她的宇宙中心，

　　　　　　　　　　　　　孔雀的呼唤

生命能量的聚居之地。我应该用构建一个空间的方式来想象祖母形象的多变性与统一性。重要的是后者。时至今日,脑海里的祖母仍坐在封闭空间里,或织网或念经,或编织竹篮或纺织棕榈线。她做着古老的营生,它们不仅是营生,还涵纳着她对变化莫测世界的所有想象。

有时候,我甚至认为她随时可以抛下它们,去做别的事,去过另外的人生。她可以轻松地把自己放入另一个世界,如元宵之夜,人们把河灯放在黑暗的河床之上,顺水漂走。

祖母停灵的日子,他们要我回屋宅里去取一盏灯。在那个屋子里,祖母给自己留了一盏灯,现在,她要走了,必须带着那盏灯上路。我不知道那是一盏什么模样的灯,除了祖母本人,谁也没有亲眼见过它,但所有人都异口同声地肯定它的存在,特别是母亲。当我忐忑不安地打开祖母生前的宅屋,发现那里早已成了堆积如山的物的陈列馆,十几二十年前曾使用过的物品层层叠叠堆放一起,散发出一股古怪的、属于另一个世界的气味。最多的是经文,以红纸覆裹的经文、各种形状的经文,在幽深、静谧的角落里给人一种火光跳跃的悸动感。没有灯。我脑海里浮现的是纸灯笼,元宵夜的纸灯笼,烛光在青石板上跳跃和闪烁。

连母亲也知道那盏灯,说祖母一定准备好了,她可以忘记别的,唯独不可能忘掉灯。不知从哪个夜晚起,母亲也开始和她那个年纪的老人们围坐在一起通宵达旦地念经。她这么做,据说也是为了得到那盏灯,为了在离开尘世之时将它带在身边,照亮黑暗的路。这是我没有想到的。连母亲也在做这样的事，她怎么忽然想起做这样的事？

关于那盏灯，母亲并没有告诉我更多。她只说在某些夜里，她要丢下家务和放弃一整夜的睡眠，去某个地方——大概是去信仰虔诚的村民家中，她和她们在那里度过一个个不眠之夜。说起这些，母亲的神情是坦然的。她已经是这个家里年纪最大的人，那盏灯也应该属于她。她总有一天会用得着它，这是迟早的事。

最终，我找到祖母的灯。它就挂在板壁上。它不是纸灯笼，而是一盏小小的、可以收起来的布做的灯笼；它看上去甚至不像是灯笼，而像两块可以折叠的、看不出明确颜色的布。其实，它一直在那里，在整座屋宅最干燥、最孤独的角落里，从祖母获得它并安放它的那一刻起，再也没有挪动过位置。

在家乡，所有六十岁以上的人都要有一盏属于自己的灯——这里所说的是女性，好像男人并不需要那种东西。从来没有听说过谁家的祖父或外祖父也曾带着这些东西上路。他们总是骂骂咧咧或唉声叹气，脚脖子一伸，眼睛一闭，便去了那个世界。只有祖母和外祖母们才带灯。对她们来说，余生没有比准备一盏灯更重要的事。

童年里，停电的时刻，祖母的屋宅里点着油灯。棉线做的灯芯浸在煤油里，豆大的火苗获得灯油的滋润，但并不发展壮大，它的光影在墙壁上和屋梁上颤抖、闪动、跳跃，试图照亮更多的角落。

油灯之前是蜡烛，那是更为微弱的火焰，随着时间流逝随时可能终止的火焰,它们放射出的微光只在事物表面打转,这给人一种恍惚感,好像这座屋宅里的时间永不会终结,它是循环的——因为黑夜也是循环的。

祖母很少打开那盏十五瓦的卡口灯泡,她宁愿在黑暗里进食、织网、念经,做这些事都不需要太过明亮的光线。她讨厌浪费,不需要弥布整个空间的光。她喜欢的可能是火苗,垂直向上的火苗由古老的油灯、蜡烛释放而出,灶膛里也留有它的踪影——伴随着木质纤维断裂发出的噼啪声响。

晚年的祖母,越来越少地发出声响。她直挺挺地摔倒在水缸边,不呼喊求救,不大声嚷嚷,甚至不让自己发出难听的哼哼声。隔壁宅屋里就住着一对中年夫妻,两家可以听见彼此油锅的爆炒声、胸腔里的咳嗽声。祖母完全可以大声求救于他们,想必对方绝不会袖手旁观。但祖母一声不吭。她惯于把自己伪装成没有困难的人,这样做的后果是,当真的困难来临时,她便只能沉默以对。

离家之后,我搬过无数次家,短暂的寄居之地终将成为被遗忘的对象,唯有老家昏暗的宅屋及祖母弓腰驼背的形象时常在脑海里闪现。直到有一天,我发现自己的人生居然与祖母之间存在某种程度的耦合,不禁诧异。我从未想过去学习祖母的生活,尽管也会织网,对《心经》也已耳熟能详。我以为自己过的是另一种生活。毕竟,我早已离开祖先的宅屋,不断学习外面世界的生存技能,住在电视机里的人们所居的屋舍里,过着大多数人都在过的现代生活。但我明白,事实并非如表面那样一目了然。

祖母对火光的执念，让她熬过最艰难的岁月，也让她受尽苦头。尤其是暮年，哪怕仅仅是将最简单的食物煮熟，也绝非易事。被无限放大的自尊和对单调事物的沉迷，让她的人生撑到最后，并终结于此。而我呢，这些年过着近乎避世的生活，并越来越安于这样的现状。

　　祖母跌断的是左侧股骨，人体最大、最重要的骨头，在她这个年纪，这根起支柱作用的骨头不可能在没有任何外力作用的情况下自己长好。当她果断拒绝来自他人的帮助，便也自行掐灭了生之焰火。

　　祖母去世后，我在一本书里无意中读到以下文字：

　　　　多年以前，有人问美国人类学家玛格丽特·米德："在您的研究中，您认为人类文明最初的标志是什么？"

　　　　询问者心里想着，玛格丽特的回答或许会是类似鱼钩和陶罐等器具或是类似衣服的东西。然而，玛格丽特给出一个令人始料未及的答案："一个愈合的股骨。"

　　　　玛格丽特解释说，在古老的年代，如果有人断了股骨，就无法生存，会被四处游荡的野兽吃掉。除非他们得到别人的帮助，否则就不能打猎、捕鱼或逃避野兽的伤害。

　　那天，担架来到祖母床前。母亲和我都站在那里。我们早就知道祖母的选择，但救护车和抬担架的人还是来了。随行医生说，断掉的股骨不会自己长好，除非借助手术或医疗器械。祖母充耳不闻，无论他们说什么都与她无关，甚至奉劝那两个从救护车下来的年轻人赶紧回去，别在这里浪费时间。

——我不去医院。

——我这辈子从没有去过医院。

她神情镇定，没有坐以待毙者的哀怨和沮丧。她仍然是大嗓门、睥睨的眼神，表情执拗而不屑。她放弃医院和他人救助，她放弃生，选择死。

她在床上又挣扎了二十一天。退烧药、止痛片、白酒在她体内轮番上阵。她昼夜疼痛，白天喘不过气，夜里睁不开眼，渐渐油尽灯枯，于腊八节晴朗的冬日黄昏辞世。彼时，窗外溪水淙淙，山林沐浴在夕光里。彼时，我在城市屋宅所在的小区里散步。眼前没有河面，却有水汽弥漫，白腻透亮，如在梦中。黄昏回到家中，静坐片刻之后，手机铃声响起，告知祖母已逝。家人发现时，她双目微闭，唇口微张，好似刚刚喘出最后一口气。而脸颊、下巴上仍留有温热的气息。她刚刚离开，去了另一座山坡、另一片梦境。

那天午后，我和母亲从山上下来。冬日的阳光罕见地温煦，风吹在额头上并不冷，还有树木的清香从空气里渗透出来。我们在一条山溪前停下奔走的脚步。那一刻，母亲脸上流露出如释重负的表情，说祖母真会挑日子，多年诵经，终于功德圆满了。

断掉股骨的人只活了二十一天。从断骨的第一天起，生命便开始它的倒计时。祖母被搬离旧宅，安置在新房二楼的卧室里。朝北的房间,可以望见远山,但没有阳光。阳光只停留在房子的另一面,不越雷池半步。他们会在固定时刻给她送来水和食物,并更换尿不湿。后者引起她强烈的羞耻感,比断骨本身更让她痛心疾首。这让母亲感到不可思议,一个人行将就木,怎么还在乎这些?

断骨事件发生后,我回到家里,像个客人那样站在祖母床前。我努力说出安慰的话,但没有成功。她让我赶紧去休息,不要管她。任何到她床前探望的人,都遭到她的驱赶,好像她什么事情也没有,根本不需要别人的探望和照顾。

二十一天,五百零四个小时,三万零两百四十分钟。人在断骨之后,在不接受任何医治的情况下,可以活二十一天、五百零四个小时、三万零两百四十分钟。这是我们之前所不知道的。祖母终究没有等到下雪的日子,她在最寒冷的时日到来之前悄然离开。

她带走灯笼,还有经文——那是她给自己准备的"盘缠",也是带给那个世界家人们的礼物。在白雪覆盖大地之前,她步履轻快地赶往那里,好像是去履行某项重要的使命。

那年冬天,祖母屋宅所在的地方,寒冷依旧,却没有一片雪花落下。这之后很多年里,冬天都没有雪。很多时候,你会沮丧地发现,雪或许正在寻找适合它的世界,它将我们遗弃,去了更加明亮、温暖的世界。

失语者

一

　　谁也不知道这个短发、红脸庞、大笑时露出粉色牙龈的女人到底多少岁数，是三十八、四十，还是四十五……都有可能。她不仅没有属于自己的年龄，也没有姓名、家族、血统、故乡，连子女、丈夫、房屋、屋里的桌椅板凳、小动物，连她身上穿的衣服都是这个屋里另一个女人留下的。

　　她只是来历不明者。

　　唯一确定无疑的是——这是个女人，是生物学意义上拥有女性生理和女性特征的人，拥有子宫、卵巢、输卵管等生殖器官。并且据皮肤、牙齿、眼睛及眼角周边的皱纹推测她还不算老，尚有利用价值。甚至可以说，在这个住着我七十八岁爷爷，六十九岁奶奶的院落里，她还很年轻，常常怒气冲冲，常常把刚下完蛋咯咯乱叫的母鸡一脚踢到天井里。

她不仅是个来路不明者，还是个无法正常说话的人——正因如此，发生在她身上的一切才成了谜。人类的嘴巴除了进食，最大功能大概便是表达和交流，说出想说或不想说的一切。可她嘴里只能发出"啊吧呀哇"之类毫无所指的音节，即使配合着再丰富、再曲折的表情手势也无济于事，人们根本不知她在讲什么，好像她的声带被什么东西扎住了，她的口腔和鼻腔都被无情地堵住了，她的舌头更像一条被冻伤的奄奄一息的鱼，再也不听使唤了。

连她的笑声都有些走样，似乎那不是发声器官协同工作的结果，而是某样器官或组织的单一作用，或许她是用肌肉、牙齿、脸颊、眉弓来发声，不然怎么会那么别扭和奇怪？有一天，我躺在奶奶床上听见那声音，立马坐了起来。为了听得更清楚些，我蹑手蹑脚地来到女人身边，只听见那声音夹杂在鸡鸭鹅的叫声之中，原来她正在给小动物喂食，场面嘈杂而慌乱，女人动用某种奇怪的口令让内讧事件轻而易举地发生——那古怪的笑声正来源于此。

真没想到这个连话也说不利索的外来者居然如此富有心计。她什么时候住到这屋子里，又由谁带了来？这早已不是什么秘密。守林人在雨后的山路上发现她，并将她捡回家，送给自己的儿子做老婆——一年前，他的儿子刚刚成为一名可怜的鳏夫。

问题在于，失语者为何如此渴望发出自己的心声？言语不行，只好出之以各种华丽花哨的表情手势，以期引起关注，不达目的誓不罢休。有一天，她居然和一只鹅发生争执，事情的原委无人知晓，其结果是哑巴的额头被大鹅啄得鲜血直淌，她跑到鹅的主人那里

　　　　　　　　　　　孔雀的呼唤

告状——它属于院子里的傻女人。

于是,哑巴、傻女人和鹅之间发生了一场言语不通、主权不明的战争,他们各说各的,沉浸在各自的语言和纷争里。傻女人的语言最接近人类语言,一开始,她尽显语言和心理优势,未想到哑巴口唇张合,辅之以手舞足蹈,尽管只操持少数音节"哦啊吧呀哇啦",却竭力变化它们的音高、节奏和速度,以形成某种气势,并促使某种力量的诞生。傻女人很快落了下风。哑巴就像毫无阵法的战士,其盔甲和盾牌都是过时的,却凭着一腔孤勇莫名其妙大获全胜,傻女人和鹅都不是她的对手。

一旁观战的我,只觉惊心动魄。

那时的我是一名发音正常、口齿清晰的九岁儿童,可我很少说话。尤其是新学期到了,来到一所有许多陌生人的学校里,同样是学生,我的桌椅板凳却摇晃得厉害,好像随时可能散架。为了对付这些,我不得不在那上面绑满绳子,就像伤员身上缠绕的绷带,还不敢把所有重力都落在椅凳上,生怕一屁股坐在水泥地上引起哄堂大笑。我被穿黑底红花上衣的女人叫到讲台前讲故事,她是我们新来的语文老师,故事时间为五分钟,我沉默地站了五分钟,无论她如何鼓励劝导都无济于事。我想起哑巴也想起那只大鹅,可无论想到什么,那些藏在喉间的声音就是无法冲破气流阻隔自由地来到一个宽敞明亮的空间里,或由此演绎出一段美妙的叙述节奏。

那五分钟里,我究竟在想什么又害怕什么?我怕女教师的黑板擦啪啪打在身上,也怕数学老师的教鞭重重地落于手掌心,他说过总有一天会这么做的……或许是为了这些事,或许并不完全是。总之,我将双唇咬得紧紧的,不留一点罅隙,好像只有如此我才能避免语词的碎片从唇齿的缝隙里飞扬而出,就像避免噩运像春天的柳絮粘到身上。

我无法站在大庭广众前说话。而没有人的时候,我又用不着说话。在学校混着的那几年,最让我害怕的便是忽然被老师从人群里揪出来,要求说上几句,好像他们只是以此来验证那些安静坐着的人是不是哑巴。我当然不是哑巴,可我比哑巴还要拙于言辞。

当这个来历不明的失语者与鹅吵架时,我站在落满鸡粪的石臼边观摩,看得津津有味。从未见过有人如此热衷于"表达",当嘴巴说不了话时,她会动用眼睛、牙齿、眉毛、胳膊肘子、腿脚、鞋子来说。她说出的话那么丰富、动人,那么富有感染力,尽管我一个字也听不懂。我忍不住想,如果我的谈话对象也是只鹅,我会和它说点什么?互不相通的语言既让我抓耳挠腮,大概也会给我带来无穷乐趣,这乐趣早已超越表达本身,近乎一种随心所欲的自由。

我几乎被哑巴身上焕发出的蓬勃生机给迷住了,一个失语者居然拥有如此能量,将命运赐予的皮球毫不犹豫地踢回去。她手舞足蹈、上蹿下跳,她灵活的身体在发出信号,好似随时可能酝酿出更大的风暴。

二

　　有一天,哑巴和傻女人之间的战役骤停,好斗的大鹅也被放逐到河埠头那一带啄食水草和螺蛳去了。谁也不知道他们之间签署了怎样的停战协议,又如何保持相安无事。连我那一向沉默寡言的奶奶也在打听:"你快去看看呀,哑巴究竟在做什么,怎么就没声音了呢?"好像哑巴不仅会说话,还口若悬河,这会儿的沉默和安静倒成了反常和怪异之事。

　　"她坐在屋里敲核桃吃,用嘴巴去咬核桃壳,用舌头去舔壳里的肉。"

　　"她在吃杏、李子、青橘。什么都吃。"

　　"她长胖啦,腰围像水桶那么粗,肚子前面好像顶着一口大锅。"

　　哑巴的嘴巴一直没闲着,一个劲儿地吃吃吃,光顾着吃和长胖,暂时忘了说话。难怪院子里安安静静的。只听见枣子落地的声音。只听见风刮过树梢的声音。

　　奶奶却说:"不好,这个哑巴八成是怀孕了,要生小哑巴了。"

　　奶奶的话像是平地炸起惊雷,大家都说自己真蠢啊,怎么就没看出来呢。这时,哑巴的婆婆出场了,身穿藏青色对襟上衣、黑色布裤,裹过小脚的老太婆,手持吹火筒从厨房跑出来,对着儿子骂骂咧咧,骂完儿子又骂哑巴,后者一声不吭、含情脉脉地望着她,好像完全能听懂她的话,并流露出一丝难得的羞赧表情。

那段日子,哑巴像是变了个人,不再怒气冲冲地看到什么都想踢上一脚,她表现出温和与顺从的神色,动不动就对自己的婆婆眉开眼笑,去牵她的衣角、握她的手,由于笑容过于夸张导致牙龈暴露过多而显示出几分痴相。哑巴大概在央求婆婆让她生下肚子里的孩子,而那个歪脖子丈夫只在一旁呵呵傻笑着,他会说话,可此刻比一动不动的雪人还要沉默。

村里有个常年吃斋念佛的老太婆前来说情,理由居然是既然小猪小狗小羊小牛都有自己的崽,哑巴怎么能不如这些猪狗牛羊呢。这个喋喋不休的老太婆被哑巴的婆婆啐了一口痰后悻悻然离开了。说什么都没用,他们绝不允许大哑巴生出小哑巴,这个家里有个来历不明的人就够了,绝不允许出现第二个、第三个。他们要把事态扼杀在萌芽状态。

那段时间,我在为如何完成老师布置的任务而烦躁忧虑。老师要求我们在放学和上学路上多做好事,每个人至少一个星期要做上一件。我想弄虚作假,编造证人和证词,又唯恐被戳穿招来更大的麻烦,因此左右为难。捡到硬币交公、扶老人过马路、帮助迷途的孩子找到回家的路……所有走在路上的时间我都用来寻找这些好事,但一无所获。根本没有硬币等着我去捡,也没有孩子会迷路,更没有老人需要搀扶着过马路——他们中有些人走得比我还快。

那天放学路上,我看见一个包蓝色头巾的女人走在前面,她走得很慢、很慢,好像随时会停下,一屁股坐在地上。我心里一阵高兴,做好事的机会来了。我三步并作两步,小跑着跟了上去,哑巴熟

　　　　　　　　　　　　孔雀的呼唤

悉而苍白的脸出现在我眼前，前面不远处走着她的丈夫——那个歪脖子男人正推着一辆板车，轮胎像两条压瘪的蛇在柏油路面上艰涩地行进着，而他本人也是一副龇牙咧嘴的模样，冷不丁露出脏兮兮的大板牙。我惊讶地发现哑巴肚皮上顶着的那口大锅不见了，而她本人就像一棵弱不禁风的小树苗，随时可能向着任何方向倒下。我走到她面前，她也没看我一眼，只冷冷地望着那辆板车出神，顺着她的视线望过去，只见一条布满牡丹花纹的暗红色棉被摊放在那里，就像一摊鲜艳而黏稠的血。

我踌躇着，不敢上前搀扶她，尽管此刻的她可能非常需要他人的帮助。潜意识里，只有年迈无力的老者、蹒跚学步的幼儿才是行善不求回报的对象，而眼前这个女人的遭遇让我惶惑不安。我不知道在她身上发生了什么，很显然她肚子里的孩子被人拿走了，拿走孩子的手术应该很疼吧。她不会说话，自然也不会喊"疼"，但她肯定用属于自己的语言说出了它，只是那些人什么也不会听到。

我放慢脚步跟在哑巴身后，心情骤然变得沉重起来，好像经历倒霉之事的人正是我自己。几天之后，我将这件事以添油加醋的形式处理成"帮助哑巴过马路"，并书写在"好人好事登记簿"上。我已经好久好久没做任何好事了，名字下面一片空白，而别人那里总是写得密密麻麻。

这是我唯一一次虚构一场"好人好事"，因其中的情感和人物都是真实的——我并未感到太多撒谎者的羞愧。大概在潜意识里，我已经帮助哑巴过了马路，顺利回了家。没想到穿黑底红花上衣的女教师径直来到我面前,一脸狐疑地望着我。

"你一定搞错了吧,哑巴只是不能说话,怎么连过马路也需要有人搀扶?"

"她做了手术,很疼。"

"你怎么知道她做了手术?她是哑巴,既不会说话,也不会喊疼……"老师的理由很充分,且不容辩驳。

"她是我的邻居。"我低下头,不得不老老实实,和盘托出。

"帮助自己认识的人,那就不能算是做好事了——"老师生气地划掉我的书写记录,还用红笔在边上写了几个大字:与事实不符。

老师的判断没错。那天,我只是跟在哑巴身后一起回到奶奶家,回到那个昏暗肮脏、污水横流的院落里。哑巴的婆婆,那个缠过小脚的老妪一把将她扶到屋里,并对着自己的儿子破口大骂。

"蠢货,轮胎被扎了,不会找个地方去修啊……"她骂得越凶,我越喜欢听,最后听到的却是一阵呜呜的哭声,但愿哭的人不是哑巴——我还从没有听她哭过。或许,她根本不会哭,就像不会说话一样。

从那之后,我开始为她的命运感到担忧,一个丧失语言、无法说出内心痛苦的人如何在这个世上安然无恙地活下去?

三

那段时间,哑巴家的屋门常处于闭合状态,最多留一道缝隙方便鸡雏和风的出入。谁也不知道她在屋里做什么,那种刹不住的大笑再也没有出现过,沉默重新笼罩着这个蛛网暗结的旧宅院。

唯一的声音来自奶奶,她在念经,即使闭着眼睛也在发出那种声音,类似风吹竹管的嗡嗡声。奶奶告诉我,念经是对另一个世界里的人说话,说一些连自己也听不明白的话,无法跟别人倾诉的话。

学校里,老师也经常让我们说话,课前的"五分钟故事会"便是对我们言说能力的训练。每个人一学期轮到一两次。每次我都精心准备,将要讲述的内容一个字一个字写下来,还不忘在关键处标上神情与手势,但一旦站上高于地面五厘米的讲台,我的发声器官便瞬间钝化,余下的时间只能干瞪着天花板打发时间。可只要回归独处时刻,我的言说能力便如汩汩溪水,源源不断而来。我常常在河边大声朗读课文,听见自己的声音与流水声交织在一起,分不出彼此。我至今也无法用言语说出那种感觉的美妙之处,远去与不断抵达的水声在耳边轮番出现,千言万语尽在此了。

那个下雨天,泥泞的村外道路上停着一辆抛锚的客车,车身很高,窗玻璃也在高处,乘客安静地坐于高高的座椅之上,不发一言。我不知道这些人从哪里来,又去向何方,他们只是路过这里,短暂地驻留于此,往后余生大概再也不可能相见了。内心陡然升起莫名的惆怅，好似车厢里坐着另一个自己，近在眼前却无法相认的人。那一次，连我都没有意识到自己居然对着虚空说了那么多话，那些未出声的句子就像写在明信片或信笺上，向这个世上的另一个自己汇报内心深处的风暴。有一天，当我对着山上的草木也这么做时，居然在树影中发现了熟悉的身影。

哑巴既没听见我的说话声，也没看见我——我半蹲在灌木丛中，身体刚好落在它的包围圈里。在我们周遭，秋日的山林馥郁多汁，万物落下的籽粒或绒毛被风吹得到处都是，它们是草木植物的语言，也是它们的信仰——关于物种繁衍以及生命存续的信念。

落在林间空地上的松塔、板栗、野柿子、向日葵被我一一带回家，并反复检阅，以此寻觅植株生长的蛛丝马迹。松塔上的螺旋遵循某种数列秘密。向日葵也是，挤挤挨挨密不透风地生长，居然没留一丝缝隙。它们比人类语言更为鲜明和准确，尽管我并不知道它们究竟想要表达什么。

我看见哑巴也从秋日的山林中取回一些颗粒状的东西，有些乌黑发亮，有些红亮似玛瑙，有些奇形怪状。她原本是来收集松针当燃料的，不想捡了那么多毫不相干的东西……它们的尺寸实在太小了，好像顺着手指缝就能滑出去。

一开始是瓦当、碎瓷盆、缺了一角的碗……它们被哑巴从房屋角落里搜罗出来，填上泥土、鱼骨头、肉汤等物，就此成为种子丰沃的土壤。之后是更大、更深阔的容器。它们被摆放在天井中间有光的地方，人们从那些光里逐渐认出西瓜藤、薄荷叶、野葱、卷心菜等身影,它们长得歪歪扭扭,叶片布满不规则虫洞,根茎留下被噬咬的痕迹,尽显沧桑斑驳的模样,却也一日日接近植物完整的形象。

没有人留意哑巴的举动,反正她不再以变形的声音或夸张的手势来表达内心的不满和愤懑,她身上的不满和愤懑早已烟消云散,即使种下的野葱和卷心菜被傻女人饲养的鹅啃食得不剩片叶,也只是平静地叹息。

她居然学会抽烟。劳作的间隙,她坐在小马扎上吞云吐雾,一开始呛得泪水涟涟,后来逐渐洒脱自如起来。尤其当婆婆过世后,她俨然成了这个家中的女主人,她的丈夫听她的,有人看见哑巴以瞪眼和伸指头与丈夫交流,俩人的笑容越来越默契。自从与哑巴生活在一起后,歪脖子男人好似也成了失语国度里的成员,逐渐顺从并依赖那个缄默无声的世界。

但哑巴并没有就此停止表达,那偶然涌荡而出的怪异举止不免让人心酸。有一次,她居然在村街上追赶一个年轻女人,只因那人手里抱着婴孩,哑巴满脸堆笑,伸出双臂,咿咿呀呀叫个不休,吓得女人脸色惨白,躲之唯恐不及。

哑巴种下的东西比以前更多,拿到什么便种下什么,眼神里充满对收获的狂热,这种狂热以一种隐秘而幼稚的方式呈现。她甚至妄想培育出原本不属于这片土地的东西,比如一棵真正的苹果树,以苹果的果核为种子,以肥沃的腐殖土为土壤,以江南的风云雨雪为背景……不用说这样的实验只能以失败告终。但也有成功的,她的香菜和野葱长势良好,还有深绿的韭菜,它们像一道青色屏障长在日益荒凉的院落里,将她与外界隔绝开来。

也有开花的植物,细碎密集的暖色小花,似阳光撒下的蜜糖,给人无端的温暖与慰藉。当从那个角落走过,我常常觉得世界变亮堂了,我不再需要说那么多话,它们早已被人以另外的方式说出来,人们只需安静地聆听就够了。

四

院落里最后一位老人也离开人间多年,哑巴还住在那里。当她的歪脖子丈夫也挣扎着死去,她还住在那里。岁月遗忘了她,遗忘了她的年龄、身份、出生地。户籍本上,她是不存在的。所有官方记录上都没有这个人。任何针对弱势群体的补助政策都与她无关。反正她不会说话,而能替她说话,或愿意说话给她听的人都已离开这个世界。别的口若悬河者,反正也与她无关。

这个被人遗弃的院落成为她的人间王国。瓜果蔬菜从天井扩展到房前屋后,它们繁衍壮大的速度让人吃惊。青绿皱巴的丝瓜转眼变成经络密布的瓜瓤,兀自在枝上垂挂或坠落。时间在这里呈圆形序列,新生与衰朽轮流出现,无穷无尽。

哑巴有一头山羊,长着白胡子和弯月似的角,从前归她丈夫所有,现在成为她的伴侣。山羊的叫声在春天和秋天格外频密,那是一年中的繁殖季,动物们也在呼唤同类的到来——但这日益凋败的村子里早已没有它的同类。所有叫唤声中,有短促的"咩咩"声和长长的"咩咩"声之别,这同样取决于它所处的心境。哑巴唯一的外出大概便是牵着山羊去附近的坡地上溜达,有时候他们也会出现在后山的乱葬岗上。

那天,我便是在进村的小路上遇见她。在看到她之前,我几乎遗忘了她。离开村庄多年,此地发生的一切渐渐成为湮没于记忆中的一角,总有一天会被我遗忘,但我并没有彻底忘掉她。还是当年的轮廓模样,只是原本漆黑的发色已然花白,不再红润的脸庞上凭空增添了几道慌乱突兀的皱纹,就像小孩的信笔涂鸦。

当她看到我以及我身边的孩童时,忽然发出那种声音——是某种不合时宜的狂笑的变体,好似发现什么惊天大秘密。她张开双臂,嘴唇也毫无遮拦地打开,露出暗紫色的牙龈,早已不是从前的肉粉色。她笑得很是夸张,脸上皱纹堆挤到一处,每一道皱褶里似乎都有尘埃弥漫。我猛然意识到这个不会说话、来历不明的女人也在衰老,它们来得缓慢、不动声色,但还是来了。时间到底没有放过任何人。可她的表情在告诉我,她对此一无所知,也毫不在乎。她痴痴地盯着我身边的孩童看,嘴角流出一丝浑浊的口涎,眼睛不停地眨巴着,似乎想要把眼前的一切看得更为清楚些,身体却保持着理智的距离,没有靠得更近。

那天,我们离开时,她还孤零零地站在村口,从前那里有一棵大樟树,樟树被伐后,他们造了一座石砌花坛,里面种着稀稀落落的鸡冠花,水泥桥取代石拱桥站在那里,流水声落到低处,变得很轻。这一回,她没有再使劲眨眼,也没有大笑,只呆呆地站在那里,当我回头,居然看见她朝我举起手,又缓缓放下。她半张着嘴巴,似乎想说什么,自然什么也没说出口。

家人说起哑巴的种种乖张事,为了栽种不知从何处搜集来的花花草草,居然把所有瓶瓶罐罐都找了来摆在天井里,还去没人居住的房子里找,有一次不小心从腐烂的楼梯上栽了下来,在床上躺了好几天。

哑巴的后花园不断扩大,将角角落落都围拢进去。我被家人带去那里参观时,眼前一切正落在春天炫目的光线里,风摇晃着薄荷的叶子,宝石花开出星星似的小白花,迎春花吐出金色火焰,失语者坐在它们中间,好像也成了其中一分子。

再次见她是在一年之后,某网络平台上。

她的儿子托人在网上"快找人"栏目发布寻人启事,很快便得到回应。一个操异乡口音的中年男人来到村口询问,村人见后诧异不已,"真像一个模子里刻出来的"。失语者的亲生儿子找上门来,他不是哑巴,他会讲话,讲了很多很多话——说家人一直在找她,这么多年从未放弃过。说到最后泣不成声。至此,笼罩在哑巴身上的谜团被揭开。当年只因走亲戚时坐错了车,不会说话又没有学过哑语的她,才流落到雨后的山林里。

居然有二十二年之久,比她在原先的家待得还要久。古代以十二年为一纪,这近乎两纪了。那是她的失语纪,也是她拼命想要倾诉的日子,以各种或极端或热烈或荒诞的方式寻回过去的自己;找到姓名、出生年月、故乡、亲人,找到家门口的酱缸、竹园里的韭菜豆苗,或许还有黄昏家门前栽种的喇叭花。当然,最重要的是找到自己。人群中有多少人落在这样暗无天日的寻找之中,又有多少失语者就此哑然一生,无处诉说。

视频里的她一脸羞涩,再也无须大声疾呼什么。她找到了属于自己的名字——姓张,有一个乡村植物的命名,朴素而温暖。当一个女人大声喊出这个名字时,她诧异、茫然,继而微笑点头。二十二年来,她第一次听到自己的名字被人呼唤而出,而不是"哎""喂""哑巴、拾女"之类潦草而失礼的称呼。那张过度兴奋的脸庞分明显得木讷、恍惚和不适应。

报道还说,她在那个下雨天被人捡到陌生人的家里,如今她也在天空飘着蒙蒙细雨的日子返回失踪前的村庄。这些年,她不仅是个失语者,还是自己村子里的失踪人口、下落不明者,是活着时便被注销户籍的人。

我在电脑这端看着自小熟悉的人以如此方式出现在网络上,好像蒙尘的记忆忽然被一道强光照亮。喑哑者的身形于僻静处显现,振聋发聩。

失语者失去的并不仅仅是语言,而是一切。当年,那个穿黑底红花上衣的女教师因与已婚男教师谈恋爱而丢了饭碗。因为她是一名代课老师,他们就可以这么做。后来,我在县城某菜场的鱼肆前看见沉默呆板的她专注于手头生意,举手投足间早没了当年的飞扬、活泼与靓丽。

昔时的课堂上,女教师想尽办法让我开口,我却一言不发——

就如此刻鱼肆前的她,神情黯然,生命活力及语言表达的丧失几乎同时发生。如今的我早已不像当年那样拙于言辞,但为了准确而不带隐喻地描述这个世界，我不得不以暂时的沉默来代替对词语的等待。

总有一天,我会像风说出树叶的秘密那样说出一切。

孔雀的呼唤

一

　　那所小小的学校只有两个教室，除少数几个学生因没有搞明白乘除法口诀继续留在原地，其余的读完二年级便要到两公里之外的新学校报到。到了九月一日那天，我们纵有千般不愿，也不得不手拉手小心翼翼地走在通往新学校的路上。

　　好像，我们不是去上学，而是赶往另一星球探险。离开小路，移步柏油大路的瞬间，汽车从身后或前方轰隆隆地驶来，逼仄的路阶上站着浑身发抖的我们。如果此刻不慎跌落到低处的稻田里，大概率是会头破血流的。不久，更为可怕之事忽然降临。上学路上，沟渠旁散落着触目惊心的血迹和汽车残骸。苍蝇率先抵达，发出嗡嗡的叫声。

　　有两条与村庄平行的路可通往学校。一条沿柏油路继续往前，另一条走碎石小路穿过村庄，尽头便是学校。

一开始，我们选择穿过村庄的路，进村不久便见一脸色蜡黄的男孩手持弹弓埋伏在矮墙那边，伺机瞄准每一个路人。我后背一阵发凉，好像子弹已穿过空气在我体内安营扎寨了。心底的恐惧还未完全消退，石头房子出现了，里面坐着穿白衣服的中年男人，脖子上挂着金属听诊器，身后的木头架子上摆放着各种颜色的瓶瓶罐罐。强烈的药水味像决堤之水，从敞开的木门内冲出，将我围困。我想起注射器、针头、疼痛，以及胳膊上的接种疤痕。前方，水泥桥那边，有一座矮旧寺庙。那个红脸庞、长头发的男人就住在里面，他经常拄着拐杖在路边跳舞，围观的人越多他越兴奋。如果没有拐杖舞，他便垂腿坐在桥头栏杆上，瞪眼望着每个路人，好像那对发红的眼睛随时会从眼眶里蹦出来。

另一条通往学校的路也好不到哪里去。顺着柏油路一直往前，后山上陆续拱出荒凉的坟头，绿草丛中飘荡着白幡，很像那个世界冒出的热气。那个满脸皱纹的女人用拖长的嗓音站在坡地上喊魂，有男孩在山上玩耍时丢了魂，她要把它喊回来。那条路上也有寺庙和疯子——一个失去孩子的可怜女人。她不跳舞，也不大声嚷嚷，却整日对着河水洗脸和哭泣。

总之，无论从哪条路去往学校，都险象环生，都命悬一线。当好不容易顺利走到校门口，早已累得说不出话。

可新来的语文老师兼班主任还不让我们成群结队、呼朋引伴，说一个人上了三年级就应该学会勇敢、独立，不需要任何人的陪伴。"你们等来等去，那是在浪费宝贵的时间。"老师姓陈，圆圆脸，齐耳短发，眉心上有一颗痣，一侧刘海被蓝色蝴蝶发夹别住，另一侧就那样垂着，呈不对称分布。眼神灵动，随着薄嘴唇一张一合，悦耳的声音就像淙淙溪流在教室里弥荡开来。

陈老师很年轻，大概只有二十一岁——我总把那些已然成人，但还未完全长大的都归于这个年龄之下。为了不让她发现破绽，我们不得不在校门口分开，依次进入教室，以此制造独自上学的假象。这伎俩帮我们暂时蒙混过去，心里却更为惴惴不安，生怕哪天被撞破。即使不被她本人撞破，还有可能被她的耳目——这班里有很多她的眼睛和耳朵，总有一天，他们会告诉她的。

有天吃过晚饭，我偷偷跑到村里的公共议事厅看电视剧《神雕侠侣》。为了不被人认出，我特意戴上帽子和围巾，只露出眼睛。没想到第二天上午便东窗事发，陈老师很生气，认为我不努力学习，只知道看电视——不允许同学回家看电视也是她的规定内容之一。

陈老师让我背诵课文《美丽的小兴安岭》，北国风光很快在我嘴边一幕幕顺畅地滑溜过去，就像课文中那条自由奔跑的小溪。我违反规定偷看电视，居然还背得那么熟练，简直是滔滔不绝，这让她更加生气了。"你这是死记硬背啊。"为了证明所言非虚，她专门挑里面最难的字让我写，果然，其中有几个字陌生得好像刚从石头缝里蹦出来，根本无从下手。

"你看，这就是死记硬背的结果。"她更坚持了自己的判断。

那天中午，我被留下默写课文，要一字不错才能回家。我妈找到学校时,我已饿得奄奄一息。出校门,她拿着饼在后面追我,我拼命跑着,一路洒下不争气的泪水。

陈老师认为成绩最重要,我妈则认为吃饭比成绩还重要——她让陈老师以后无论发生什么事,都要让我先回家吃饭。大概是我妈的态度起了作用,从那以后,无论我犯了什么错总能按时回到家中。

所有人都知道陈老师最喜欢班长和那个穿粉色衣服的女孩,每次提到他俩的名字都满脸堆笑,好像那些名字是发光的水晶球,总有一天会给她带来荣耀与光亮。面对我,她不住地摇头。冬天太冷,我要穿七八件衣服才能出门,她就说我像个球,都可以滚起来了。我的字写得太大,常常要溢出田字格,这也能让她笑上半天。"你看看它们,胖得都要吃减肥药了。"

可有一次,她叫一个女生上台写"孔雀开屏"的"屏"字,女生却写成"瓶子"的"瓶",犹豫片刻后她叫了我。没想到她居然会叫我。那次,我头一回意识到未来的自己也有可能成为别人羡慕的人——尽管当我出色完成任务后,她什么表示也没有。

组织四人学习小组,天未亮就到学校晨读,写错一个字罚抄一百遍……为了提高成绩,她想尽办法,恨不得将我们绑在一架叫学习的机器上,除了吃饭睡觉都不要下来。我不知道她为什么要这么折磨我们,别的老师都不这样。

有一天,一个高年级同学偷偷告诉我:"你们的陈老师只是代课老师……"那时,我还不知代课老师和正式老师的区别(他们都是老师啊),但直觉告诉我他们之间是有区别的,这其中的区别大概超过了插班生和本班生。想起和伙伴们来到这班里的第一天,迎接我们的不是掌声,而是白眼、摇晃的桌椅板凳以及柱子后面的差位置。

没想到陈老师居然是代课老师,要不要把这件事告诉别人?如果他们知道了会怎么想?我边想边放弃了这样的念头。

二

陈老师还像从前那样偏心、苛刻,她喜欢的人除了学霸班长水晶、穿粉色衣服的漂亮女孩虹,还多了一个舞姿优美的人。为了排练元旦文艺节目,她选了一些人来跳孔雀舞,领舞的女孩叫玲。玲成绩平平,貌不惊人,可只要音乐一响就变了个人,变成小鹿、羚羊、斑马、孔雀,总之不再是平常的自己。

那也是我第一次看陈老师跳舞。她的体型不算纤瘦,当旋转、摆弄、变化自己的身体时,却如此轻盈、活泼,好像就此摆脱了地心引力。此前,我除了知道"孔雀开屏"这个成语,从未见过真正的孔雀,更不用说孔雀舞了。陈老师真像一只开屏的孔雀,美丽,闪耀,所有见过她跳舞的人都这么说。

我也是舞蹈队成员,不过是站在最后一排的边缘位置,为了队形完整而存在。我们以一根蓝羽毛作为头饰,就此模仿孔雀寻水、嬉水、飞翔、抖翅等动作。她让我们在舞动时想象自己就是孔雀。不用说,最先成为孔雀的是那个叫玲的女孩,她在陈老师的帮助下翩翩起舞,就像深山里的孔雀终于找到理想的栖息之地。而我四肢僵硬,体内好像藏着一根铁棒,不像孔雀跳舞,倒像仙人掌在缓慢而笨重地挪动身体,差点儿被自己的舞步绊倒。

跳舞课安排在晚上,在一间铺着塑料地板的大教室里,里面没有黑板,没有桌椅板凳,只有昏暗的灯光、模糊的大镜子。这是一间专为跳舞而布置的房间,陈老师要我们脱鞋子进门。"进了这个房间你就是一只孔雀,要把所有无关的事情都忘掉。"但我就是做不到,一会儿看窗外围观的人,一会儿担心脸色蜡黄的男孩是否还埋伏在回家的路上。

有一天晚上,她甚至将灯火熄灭,让我们闭上眼睛,继续跳,尽情跳,不要停下。可我们跳着跳着就踩到同伴的脚背上,尖叫着倒下一大片。

她还要我们不断下蹲,每个关节都呈弯曲状,以此模仿孔雀的身姿。但我很快就把自己变成一只企鹅,于冰面上趔趄而行,姿态笨拙,举步维艰。不得不从舞蹈队退出的那天,陈老师第一次将刻薄与严苛掩藏起来,只轻描淡写说了句,"你不会跳舞,因为你太紧张了",好像我的体内藏着某个东西,它禁止我去接触舞蹈,接触任何让一个人不顾一切的东西。

陈老师发现了我的秘密,大概也因此发现了自己的秘密,她在舞蹈课上的欢乐与激情显得如此纯粹、天然,好像天生就该是舞者。她在用行动告诉我们一旦身体离开地面,哪怕只是短暂的瞬间,一切都会变得不同。与此同时,白日里枯燥乏味的语文课正不可避免地走向平庸,甚至拉垮。她会把好端端的句子读得支离破碎,不知所云。有一次,她居然把"黄澄澄"的橘子读成"黄橙橙"的橘子,大概这两个"澄"字也在她面前跳起舞来,一不小心便跳成了"橙"字。她比以前更爱大笑和说话,一件微不足道之事也能让她咯咯咯地笑上半天。当她大笑时,发夹上的蝴蝶翅膀也跟着抖动起来,好像振翅欲飞。

栀子花、野菊花轮流成为她办公桌上的一员,她还要求我们在上学路上如果看见好看的枯枝、漂亮的石头,都拿来放在讲台上与大家一起欣赏。

那段时间,她还去我们每个人家里"做客"。在我妈面前,她对我表现出格外的亲昵,将右手搭在我肩上,一个劲儿地夸我,说我认字多,记性好,"那么长的文章都能滚瓜烂熟地背出来,实在太厉害了",好像从来没有那件事,好像我一直是她的宠儿,是虹或玲中的一个。我也主动配合着她,流露出一副从来都如此的表情,心里除了微微的讶异,更多的是受宠若惊。

就在我以为自己也能成为虹或玲中的一个时,却传来她要离开的消息。当她在课堂上告知我们此事时,自己先红了眼,我们也跟着流泪了。我怀疑在那种情况下没有人可以忍住眼泪,除非是铁石心肠。那一刻,我不愿回想刚到这间教室时所受的"刁难",我想忘掉它们,但做不到——这并不妨碍我的眼泪继续像断线的珠子滚落在书本上,我对自己的行为感到吃惊,我并不是那么喜欢她,怎么也会哭得那么厉害。

很多年之后才听人说起男老师、办公室和双人舞的事。原来，她在办公室里和已婚男教师跳舞，被校长发现了。原本就是代课老师的她很快被校方开除，而已婚男教师只是换了一所学校，继续教书育人。

三

那个初冬的早晨，我们骑自行车去了遥远的海边。荒凉滩涂边的三层楼房是她的家。她站在路口，眯眼看着我们，好像刚从冗长的睡梦中醒来。我们进入她的私人领地，获准参观她的房间，床头柜上还摆放着我们春游时的合影。照片里，许多人团结在一个人身边，蓝蝴蝶还停在原处，没有飞走。过往场景在镜框里永存。

随后是丰盛的午餐，有虾饼、红烧鱼，以及叫不出名的海边美食。她像招待贵客那样招待我们。她站在讲台上滔滔不绝的画面还在我脑海里回荡，转眼现场已切换至家宴的餐桌上。我们仍然叫她"陈老师"，但她已然将我们当作朋友、忘年交。在此之前，我从没有想过彼此会以这样的方式见面。

那天，她们问我要不要一起去看望陈老师，刚想问"哪个陈老师"，脑海里旋即闪过她在黑暗教室里独舞的场景，犹豫的刹那，远行的念头占了上风。十岁的我很少有机会去往十公里之外的地方——那算是名副其实的"远方"了。一路上，我们经过很多房子，一些陌生而新奇的景物在身边次第展开，好像在召唤我们下车加入狂欢的行列。

目的地是一片荒凉的海滩。那座房子的前后左右都是滩涂，没有邻居，没有欢声笑语，除了天空和滩涂，什么也没有。她住在最高层，房间很小，却有很大的露台。她一直微笑着，笑容却显得局促与郁郁寡欢，好似有什么东西在牵扯那笑容，让它随时可能止住。蓝色蝴蝶发夹被黑色一字夹取代，好似头发上画了一道看不见的黑线。

三楼露台看不见海，黄泥色滩涂像一块脏污的大手帕贴在大地上，没有绿色，没有树，比我们居住的地方还要荒寂和萧瑟。午后，她要带我们去看螃蟹。没想到螃蟹的家就在滩涂里，它们从密密麻麻的小洞里钻出来，四处逃窜一番后，又准确无误地溜回去。

有人试图抓住它们，但根本办不到，它们跑得太快了，且从不会迷失方向。好像，那圆形洞口内部有一条漫长的逃生通道，外面的人既无法进入，更不了解其中的曲折路径。据说，到了夜里，当月光照在滩涂上，当行人散尽，它们就会从那洞里悠哉游哉地爬出来散步。

我们离开滩涂走到高处的堤坝上，就像走在一条高出地面很多的道路上，一条置于半空中的路，上面一个行人、一辆汽车都没有。我还在想着滩涂上的螃蟹，在我们离开后会不会从洞里爬出来。白日里，它们必须提防任何风吹草动，到了夜里，一切都会不一样。胡思乱想时，我发觉自己掉队了。前面，有人不好好走路了，她们停下来,将双臂展开,身体却蜷曲着,好似在做某件让人感到兴奋的事。她们在跳舞。这时,我才发现,这一群人中,除了我,都属于那个队伍。她们都会跳舞。因为舞蹈,她们才来到这里。

我停了步子,远远地站着,不敢呼吸和靠近。好似闯入某处禁地。眼前所见的一切都不是我应该看见的,它只能发生在无人看见的时刻,就像螃蟹在月光下的散步。我半蹲着坐在那里,尽量缩小自己的存在空间,最好这世上有个地方能将自己折叠进去。

但这一连串动作——踮步、摆手、抖肩、叉腰还是落到我的眼里,她们在看不见的旋律的指引下,行着本能之事。她们到底在模仿谁,是意念中的精灵,还是另一个自己?没有人知道。我只知道,当她们集体进入那个世界,我却在世界之外慌乱徘徊,无所适从。

我不知道整个过程持续了多久,直到她们从那个世界出来,集体瘫坐在水泥大坝上,对着空气露出疲倦而满足的笑容,好像精疲力尽的旅人在抵达目的地时喘出最后一口气。

我看见了她——多年来,我一直无法忘却那一幕,一个二十几岁的年轻女人与一群小女孩在冬日阴沉的天空下,向着天空伸出绿枝般的手臂。没有天鹅绒幕布,没有鲜花和音响,围观者只有我。那一刻,她也看见了我,脸上流露出某种近乎哀伤的表情,就像一个人梦醒后睁开眼睛,看见明亮的空间忽然被蒙上一层阴影。

回去的路上,天快黑了,我骑在最前面,脑子像车轮一样飞快旋转……滩涂上的三层楼房,惊慌失措的螃蟹,水泥大坝上的舞者,黑色一字夹。最后,过陡坡时,我的自行车掉链子了,轮胎在空转,双脚一阵空虚,像是踩在深谷里,随即车子倒地,我摔了下来。脸朝地面时,脑子一片空白,凌乱的舞步像从天而降的雨点或箭镞。

四

那之后很多年,再没有陈老师的消息。我转了学,又升了学,周遭的同学换了一拨又一拨,人生就像洗牌,不断有人进入和退出。很多面孔变得模糊,名字脱离脸变成了符号,当符号也被忘却时,便等同于被尘埃收留了。

平生第一次看到孔雀是在异乡的动物园里。

那个闷热的午后,一群人围在用绿网拦住的孔雀苑前,用手中的雨伞或衣物,或干脆模仿其叫声来逗引它们开屏。这是来动物园的人们乐此不疲的游戏,好像没有看到孔雀开屏就算是白来了。这个游戏持续了很久,孔雀们兀自嬉戏、进食,走来走去,毫不理睬人群的诉求。观看者忍着异味,骂骂咧咧,陆续离开。我去了边上的长颈鹿馆,还去了猴山,回来路过那里时,正好撞见那个瞬间。

我躲在一株小树后面目睹了全过程。三只孔雀一字排开,最引人瞩目的是那尾羽上散布的"眼状斑",好像无数只闪耀着紫色、蓝色、黄色和褐色的眼睛同时睁开,世界被成倍地扩大,光芒万丈。

无法用语言描述它带给我的震撼,作为雉科孔雀属的鸟类动物,在不开屏时,它们只是一只略显美丽的普通鸟类,甚至显得笨拙,可一旦打开尾羽,就像开启一个全新的世界,它的光芒让周遭的一切黯然失色。

从那以后,我再也没有去过动物园。关于孔雀的消息却时常出现在网络或自媒体上,比如有人在自家花园里养了一只孔雀,比如有孔雀飞入校园漫步林荫或干脆大摇大摆走到灯火通明的教室里……每当看到"孔雀"这两个字,心里总有一种异样感,好像某种神秘、忘我的时刻随时可能降临。

我在等待那些特殊时刻的到来,又无数次地让它们从我的生命中悄然划过。有一天,我回老家县城拜访一位新认识的朋友。朋友的房子在一楼,站在窗前可看见落叶树木。那天,朋友家来了一群人,大家热火朝天地聊着什么,我插不上嘴,但心里没有丝毫被冷落的感觉。那是初冬,窗外站着一排黄绿夹杂的皂角树,偶尔有一两片树叶缓慢地飘离枝头,树叶从枝头到地面的旅程显得格外漫长——宛如技艺精湛的特写镜头。

时间正以可见的方式流逝,而我毫无哀伤或惶恐感。我留意到屋里有个四十岁左右的女人正坐在角落里,喝着茶,安静而不失礼貌地聆听着,偶尔朝望向她的人微笑,却不发一语。灰蓝色呢大衣,同色系的帽子,质地略有些粗陋,款式和裁剪却是得体的。我心里有些奇怪,好像在哪里见过这个人。女人也朝我笑了笑,眼神中洋溢着某种镇定自若。

他们散后,我还坐在那里,迟迟没有离开。朋友感慨地提起一个女人的名字,围绕那名字滋生出许多离奇恍惚的遭遇。过了很久我才意识到,朋友口中的"落魄者"居然是多年前那个头戴蝴蝶发夹和跳孔雀舞的人——我的老师。

"刚才,她明明就坐在这里啊。"朋友叫道,"你难道没有认出来吗？"

"啊——完全没想到是她啊。"那一刻的惊诧和恐慌让我差点从座椅上跌落下来。好似,过去的我向此刻的我迎面而来,最终却擦肩而过。

"她在菜场里卖鱼干和虾米。几年前,结过一次婚,又离了……"朋友的语气像在讲述励志者的人生, 那样坚韧而曲折的故事居然发生在她身上,我宁愿他们搞错了。

离开朋友家,走在遍植梧桐树、宛如异乡的大街上,眼前晃动着灰蓝色的身影,大衣、帽子、轻盈的脚步声,好像她随时会从下一个拐角走出,轻拍着我的肩,与我诉说别后之事。我穿过街衢,拨开人群,来到城外。居然找到大坝。它就在那里,一直都在。天快黑了,远处传来流水声。我摇摇晃晃地站到堤岸上,像是站在半空中。风从四面八方涌来,它们来自下边的滩涂,更大一些的来自滩涂那边的海。

昏蒙的暮色中,我仿佛看见羽毛形状的紫色、蓝色、黄色和褐色,那些色彩在逐渐变弱的光线里努力拼凑出一个实在的形体,我看到那个形体在向我走来, 一只步履蹒跚的孔雀奔驰在天空与滩涂之间,它跌跌撞撞的身影好似经历长途跋涉,随时可能停下,又随时将再次出发。

当暮色与大地完全融合,一切又化为乌有。

白云先生

一

　　时隔多年,关于他的真实姓名,我早已忘记。因他常年行走在外,行踪不定,职业游移,做过长时间的捕蛇人、草药郎中、乡村牙医,短时间的补碗匠、货郎、理发师以及阉猪人,绰号比谁都多,什么"打针公公""小广播""蛇仙""三脚猫""炸弹先生"——它们像蒲公英的种子四处飞扬。"白云先生"的绰号便来自他外孙女的课堂作文。她是我的小学同学,住在我家隔壁。

　　"我的外公到过许多地方,妈妈总说,风吹到哪,外公就飘到哪,就像天上的云。下雨了,刮风了,出太阳了,白云飘成黑云,黑云又飘成白云。我看着天上的白云,白云也看着我,我很想对白云先生说,哪天你从天上走下来,不再飘来飘去就好了……"

　　女孩在作文里尊称他为"白云先生",现实生活里遇到大概只会扭过头去,哼哼几声。她的外公不像别人的外公,会给小孩做风筝、捉泥鳅，带着他们到处玩儿。这个外公只顾自己，一年中总有大半年在外面晃荡，不光挣不到一分钱，还经常惹事。

那时候，村里几乎所有男人都待在家里，和老婆、孩子住在一起，他们去过的最远的地方是镇上的集市，所有认识的人都住在三公里范围内。只有这个白云先生是另类，有人说他的老婆早死了，也有人说那个女人是跟别人跑了。白云先生有三个儿子、一个女儿，除了那个让他伤心欲绝的长子，其余均已成家。他的房子不在村子里，而在村口的坡地上，可以望见田地、溪流以及对面山上守林人的石屋，风景虽好，无奈坡地陡峭而逼仄，只挤得下两户人家。

后来，有人提出，小村虽小——没有寺和庙倒也罢了，但连个小草庵也没有，实在说不过去。他们看来看去，看中白云先生的家，凑了一笔钱，想让这两家人一齐搬走。无奈白云先生实在太穷，补偿少，又无余钱造房，只好留下。他们在另一家屋舍的原址上建起庵堂，起名为福泉庵——意为福如泉涌，希微之间，绵绵不绝。庵堂是全木结构，高敞坚织，局促却完整，建成后有股森林草木的清香。开光大典上，附近香客络绎而来，只见堂内花木灼灼，香烟缭绕，相比之下，白云先生家的木房子更显得昏暗、低矮、破败不堪。

随家人去福泉庵朝拜时，往白云先生的屋子里张望过一眼，只听得一阵奇异的叮咚响，空气里有水雾漫溢，就像步入一座静谧而深幽的山谷。移步近前，幽暗的光线中，一根劈开的竹竿代替自来水管，穿墙过壁，将山涧溪水引至屋内水缸里。夏日暴雨刚过，响声不绝如缕。我担忧那水如果一直流淌下去，会不会漫过水缸，将黑暗的屋子淹没,尤其是边上那间冷飕飕的小屋,据说白云先生的大儿子就死在里面。他是被毒蛇咬死的。捕蛇人的职业还是从父亲那里继承而来,白云先生不仅教他怎样识别有毒的蛇与无毒的蛇,还告诉他蛇走的路与人走的路截然不同——前者就像水管压过路面留下的痕迹,呈微微的凹陷状。当然,他没忘告诉长子,蛇最害怕什么。但没有教关键一招,如果遇见一条具有攻击性的毒蛇,该如何逃跑。

那天黄昏,白云先生坐在那堵写有"阿弥陀佛"四个字的黄色墙壁前,看着田野上一棵孤零零的楝树发呆。他刚从外面回来,而我也被奶奶差遣到福泉庵来购买香烛,很快就是地藏王生日夜了。

白云先生看到我,微微一笑,露出莹白整洁的假牙。每次看到小孩,他都笑眯眯的,有时还会从口袋里摸出一颗黏糊糊的糖。他总是说,看到狗,千万别跑,要大胆地走!你越跑,狗追得越厉害。——这种事情谁不知道啊,还需要他来告诉!

白云先生虽然落魄,穿着上可相当讲究,夏天到了,别人穿一件脏兮兮的汗衫,领子是歪的,后背或许还有抽丝或破洞,他可不会这样。每次出门前,他都把自己拾掇得清清爽爽的,白色棉背心上没有一点污渍,黑色三分西装短裤质地虽粗糙了些,却平整笔挺,凉鞋里还不忘穿上尼龙袜。无论冬夏,他的脚上都穿着袜子,不沾一点尘泥。有人开玩笑说白云先生的脚比年轻姑娘的还白嫩、细腻,可一个男人这么白,这么讲究,有什么意思呢?

"这个人又不是机关工作人员,穿成这个样子,干吗呢?"

"这么热的天还穿袜子,不怕出汗吗？"

白云先生才不在意别人说什么,反正他们又不会当着他的面说。他看到谁都笑眯眯的,露出他那副过分白皙的假牙,好像在他身上还有一份推销假牙的额外职业。我奶奶对此表示羡慕,询问如何才能做到,白云先生说,你要把所有的牙齿拔掉,就可以和我一样了。奶奶到底怕疼,没敢这么做。

那时候,我刚刚在书本上学会分辨毒蛇与无毒蛇——它们比辨别艾草与青蒿、稗子与稻子还要难,便很想问问他与蛇有关的事,又怕招惹他的伤心事。自从儿子死后,他再也不干这个营生了,逢人就说,那条蛇要找的人是他,父仇子还,是他害了儿子。但我求知心切,到底没能忍住。

"你知道怎么才能逃避一条竹叶青的攻击吗？"

"你要躲到它的后边去。"

"如果来不及躲呢？"

"你在学校里学过'Z'字吗？如果来不及躲,就要像'Z'字那样跑,要跑得很快很快才行。"

…………

这一回,我承认他说的有点道理。那时候,我们总是在上学路上碰见蛇,它们蛰伏在草丛里,或干脆盘成蚊香状躺在过往之路上。那次,我脑海里留下"很快很快"这几个字,以及白云先生慌乱而充满激动的表情,他的双手胡乱比画着,似乎想要告诉我更多关于蛇的常识。

我开始在晒谷场上练习"Z"字奔跑,经常把自己跑晕,摔倒在水泥地上。当我躺在地上,望着天上飘来飘去的云,总会想起在外游荡的白云先生,不知他的新工作是否顺利,有没有赚到钱。他一点也不像村子里别的大人——他们只会捉弄小孩,把小孩弄得哇哇大哭,自己则在一旁乐得哈哈大笑。白云先生喜欢和小孩说话,他很像学校里的教书先生,不放过任何一个让小孩子增长见识的机会。

有一天,我在水渠边摘野葱,他远远地从田埂那头走来,在我身边停下脚步。

"你知道月亮的事吗?总有一天,这天上会出现两个月亮。"

"他们怎么能把月亮挂到天上去,难道不会掉下来吗?"

"这个问题问得好,我也很想弄明白……会不会天上有一根绳子拴着它,不让它往下掉?或者有什么东西把它吸在那里?"

"你说的那个月亮,不会一会儿缺,一会儿圆,一会儿亮,一会儿不亮吧?"

"不会不会,那个是人造的,永远是圆的,不会缺。你可以在月亮底下看书写作业,连灯也不用开,省电。"

…………

我使劲地想了又想,还是无法想象两个月亮共存的天空——星光暗淡,黑夜消失,世界进入永恒的白昼状态,那会是一个怎样的世界?

我一直以为两个月亮的事是白云先生的胡编乱造,月亮是星空的馈赠,也是奇迹的化身,人类怎么可能凭空制造出来?直到很多年后,白云先生过世,我也离家千里,偶尔在网上看见某科学研究会准备将一颗用于照明的卫星发射到城市上空,以此代替路灯,这才想起当年的那"两个月亮"来。

显然,那并非白云先生的信口开河,很可能是某次外出游荡途中,某张皱巴巴的报纸上一条不太醒目的信息让他眼睛一亮,这世上居然有这等好事,到了夜里,不用开灯点蜡,就能把所有东西看得一清二楚!

二

那些汗流浃背的人群中,从来没有白云先生的影子。他从不干农活,每逢"双抢"季节,更是双脚抹油,溜得无影无踪,好像那些稻子和麦穗会弄脏他的衣服和袜子,让他蒙羞。待人们一结束忙碌,他就回到村里,蹑手蹑脚地出现在女儿的家门口。他饥肠辘辘,只想吃点好的。那种时候,他很少说话,身子挨着墙根行走,唯恐被人发现。

我奶奶每看见他,总要低声骂上一句:"好吃懒做!"

白云先生或许听见了,或许并没有。他若无其事,对我奶奶仍像往常那样客气,甚至更为客气了,"老嫂子、老嫂子"地喊个不停,奶奶拉不下老脸来,只得哼唧几声,算是回应。

屋子里静悄悄的,女儿一家正在吃午饭。他先是呆呆地站在门口不远处,想走近,又不敢,几番犹豫后,干脆杵在窗户外面的梨树下。大概在等屋里的人主动发现,招呼他进去。但没有人发现他,他们闷声吃饭,毫无动静。他干脆走到门前台阶上坐下,落座前还不忘拿个什么东西垫在屁股下。他低着头,看上去既落魄又心酸。我缩着脖子,站在窗前偷偷看着这一切,生怕被他发现。终于,他双脚一抬,颤颤巍巍进了女儿家,自己取了筷子,一屁股坐在外孙女旁边的座位上,埋头吃起来。屋内悄无声息,似乎谁也没有注意他的到来。待酒足饭饱,他从那里走出来,又恢复了笑眯眯的表情,看到谁都和蔼可亲,都想发表他的长篇大论。

我们怀疑他在外面的营生并不能让他填饱肚子,要不然怎么会饿成那样,用我奶奶的话说,就像是饿死鬼投胎的!可哪个饿死鬼都没有他讲究,任何骨头上的肉都被他用嘴剔得干干净净,不剩一点儿肉末。

有一次,母亲看见他在集市上摆摊儿给人拔牙,但只拔小孩子的乳牙。在我们镇上,小孩的乳牙不都是自己解决的吗?哪里要找什么牙医?母亲请他帮忙看看自己的蛀牙,他居然也建议她把它们全部拔掉,像他一样买副假牙。

除了给人拔牙,他还学过理发,手艺来自一名瘸腿理发师。他立下规矩,只服务于老人,他们不像年轻人那么烦人,只要把头发顺利剪短剪整齐就可以了。要是连这个目标都无法达成,那就只好不收钱——权当做好人好事得了。理发师的活儿并没有太大风险,但没过多久,他又不干了,原因是无法忍受喝茶的杯子里老是有头发。

每次母亲从集市卖完兔毛回来说起白云先生的种种，我听着不免揪心，忧愁未来某一天自己也会和他一样倒霉，找不到一份满意的工作，落得个被耻笑的下场。

与白云先生一样，我对田地上的活儿也毫无兴趣，夏天热得要死，冬天冻得龇牙咧嘴，不冷不热的日子那就得累死。反正，那绝对是世上最枯燥乏味、最没有盼头的工作，只有没有希望的人才会把时间耗在那里。在我家，爷爷就干那样的活儿，每天扛着锄头出门，到了饭点又扛它回来。有一天，他从外面回来，锄头还没放下，只听得一声尖叫，人摔倒在地，中风了。奶奶的活儿也好不到哪里去——整天像蜘蛛那样织网，今天织完一张，明天接着织，谁也不知道什么时候是个头。而我妈是养兔子的，用割来的草喂兔子，待兔毛长齐后，剪下拿去卖掉，然后再割青草，再等兔毛长出来，如此循环往复，没完没了。

我会割草，会织网，也帮爷爷插过秧，还做过别的事情。我不知道未来的自己会干什么，想来想去，没有一个职业能让我感到满意。我喜欢秋天的早晨，迎着微凉的风，去野地里捡柿子。那些红色的、橙红色的柿子挂在高高的树梢上，看上去通体透亮，像是由一种特殊材料做成。

每棵丰收的柿子树下，都站着一群仰望大空的小孩，我也是其中之一。患牙疼病的父亲正龇牙咧嘴地站在树杈上，手持一种叫"舀子"的工具，用铁钩钩住紧连着果蒂的树枝，轻轻一推或者一拉，那柿子便落到布袋里。我站在树下看他，也看着那些柿子。

白云先生也来了，他往我的篮子里塞了几枚红彤彤的柿子，橙红色的外皮包裹着带芳香的果肉与汁液，散发出秋天甜美的气息。白云先生没有像我父亲那样爬到高高的树杈上，低处的枝上照样果实累累，橙红与橙黄在眼前交相辉映，好似张灯结彩。

许多年后，我还会想起柿树林里的这一幕。那一天，所有人都被赋予同一种身份与职业——美与芳香的采摘者，那些柿果采天地之灵气、撷日月之精华，人们无须夜以继日、焚膏继晷，轻易便获得了一切。

采摘者的梦里，还出现苹果树、樱桃树、山楂树，还有草莓树……那时候的我以为草莓与柿子一样，都结在高高的树枝上。

三

正月里，白云先生像往常那样靠在写有"阿弥陀佛"的土墙前晒太阳。

奶奶让我去福泉庵购买香烛，马上就是元宵节了。白云先生看见我，微微一笑，但这次他的笑容显得僵硬。他的事早就被当作笑料传开了。过年前，他在树林里用土法制作鞭炮时忽然发生爆炸，林子里的树木被炸成两截，他自己也受了伤，双手被炸得血肉模糊，不得不绑着绷带，像电影里被俘虏的伤员。

"我做的不是鞭炮，而是烟花。那些人懂什么，什么都不懂！"他忽然对着那堵黄墙,愤愤不休地说。我同情地看着他,想听他把话讲完。

"你知道鞭炮和烟花的区别吗?"

我摇头,一脸茫然地望着他。他的嘴角浮现出一抹久违的笑意,一番犹豫后,终于絮絮叨叨地说开了:"做鞭炮好简单的,除了火药,什么都不用添加。烟花就不同了,要加上让它变亮和变色的东西,比如要加入镁粉和铝粉,这两样东西燃烧时会发出白光,还要加入其他化学物质,就是为了燃放时颜色好看些。这些都是我在外面跟人学的。那天,我严格按照步骤来的……不知道哪里出了问题……居然……会爆炸,全炸了!一点也不留。太可怕了。"他的表情逐渐变得苦涩,好像白色绷带里隐藏的疼痛让他终于招架不住了。

没想到他的胆子会这么大,没有人敢去尝试这种职业,实在是……太危险了。

"以后,你还是别做……这种事情了。"我嗫嚅着说。

"你说得对。这一回,我差点把命搭上了。"没想到,他居然赞同我的意见。

我点点头,心里感到说不出的沉重。

"儿子对我很好,他说以后要管我。"转眼,他又恢复了笑嘻嘻的表情,报喜不报忧的那种。我不知道他说的是哪个儿子,二儿子在砖窑厂上班,成天烟熏火燎的;小儿子是个电工,常年戴顶红色安全帽,在建筑工地工作。

我买了香烛从庵堂出来，再次经过他面前，那是一条下坡路，我走得飞快。

"好好读书，听老师话。"他在身后喊道。走出很远，还能感觉到那个声音一直追着我，试图把我拽回去。

这之后，奶奶再让我去福泉庵，我能拖则拖。

后来，我在村里还见过几次白云先生，他整个人看着有些委顿，动作也没有从前那么利索，大概是打了石膏板的关系。只有身上那件衣服还算干净，没有沾染明显的污垢与异味。他将白色绷带挂在脖子上，在菩萨像前走来走去，或坐在黄色土墙前，望着野地里的楝树发呆。林子里的爆炸案发生不久，邻村那个鞭炮作坊也出事了，巨大的冲击波把房子都震平了，当场死了一个人。

他捕蛇，采草药，理发，拔牙齿……这些事情我们都能理解，可为什么要去做烟花爆竹呢？真不知道他下一次还会做出什么冒险举动，村长让他的二儿子去管管他，不要到时候把菩萨塑像炸飞了，把我们村子都炸平了。

不知不觉，我已经站在他的对立面，像旁观者那样打量他，对他评头论足。从前有过的敬意早已化为乌有。我几乎不敢相信自己曾和他谈过话，甚至从他那里获得对这个世界的微茫认知。

有一天，他不知从哪里弄到计算器，在放学路上兴奋地拦住我。

——给你看一样宝贝。

——你看，无论输入什么，它都知道答案！

——太厉害,太聪明,真的什么都知道!

…………

他的手指在数字键上不停地按来按去,急于向我展示那"神奇"一幕。我早就知道那是什么东西,数学老师警告我们不要用那个东西,不然脑子会变笨。

他一个劲儿地要往我手里塞那个东西。

"拿着,送给你的。不会就按一按,绝不会算错。"

"我不要。真的不要。你还是自己留着用吧。"

"送给你的啊,不要钱的啊。"

"不要不要,真的不要。来不及了,我要回家啦,走啦。"

我一阵风似的跑过他身边,留下一脸茫然的他,愣怔地站在原地——还未说出口的话就此化作风中的呓语,消散无踪。

四

很长一段时间,我只在学校和家之间来来往往。

我拼命学习,天刚蒙蒙亮就起床,坐在河边的石头上大声朗读英语。那是清晨,河水很满,水汽弥漫,偶尔,翠绿的芦苇丛中"扑哧哧"飞出一排水鸟。那些长短不一、半懂不懂的异国文句,化作美妙的语音在我耳边飘荡,心里有种莫名的兴奋感,好像正与遥远国度的人进行着跨时空交流。

自从开始沉浸于书本世界,小村里的人事渐渐离我远去。我置身的世界忽然变得很大很大，比天地宇宙还大，可以容下任何时间、任何地点里的人与事，唯独这个村子不在此列。用奶奶的话说，我开始变得冷漠，对路上碰到的人爱理不理的。已经有好几个人向她告状。

一度，我对发生在自己身上的事也困惑不已。好似倏忽之间，眼前的一切都变了样，那些吃喝玩乐、家长里短，再也无法引起我的兴趣。要是谁在我面前大谈特谈日常琐事，我会扭头就走。好几个人因为无意中这么做，被我拉进庸俗之流的名单里。那时候，我还没完全意识到，从此之后，我再也不可能在任何群体中获得归属感。

放学后，我离开大路来到歪斜逼仄的小路上，那里成了我长久驻足之地。甚至，我再也不怕去荒地和乱葬岗。我总是在外面待到很晚才回家，为此没少挨大人的骂，可并没有因此收敛。

那段时间，白云先生的身影也一度出现在那里。有时候，他低着头在田埂上走来走去，好像在寻找什么东西；更多时候，他坐在稻田上或躺在紫云英花田里，仰望高处的天空，好似地上找不到的东西，他要在天上找。

他再也没有在路上拦住我，絮絮叨叨地找我说话。

可能，他躺在那里的时候，都没有看见我——他谁都看不见。我心里不免有些失落，但那种感觉并没有维系太久。到头来，每个人都会回到独属于自己的花园里。烟花事件已经过去很久，村里人差不多都忘了，只有他自己还记得。他的手指遭到损坏，右手小指头永远像逗号那样弯曲着,再也无法伸直。

他的生活正在遭遇一场重大变故。

那几年,一直是二儿子管着他,给他送吃的喝的,还给他钱。二儿子是所有儿子中最老实本分的,就像院子里那株宽厚、朴实的楝树。窑厂烧砖的活儿他二十年如一日地干着,没有半句怨言。那里的空气中有股煤渣味,蓝色火焰有时候会变成橙红色、金黄色或绿色,白天黑夜他都要守在那堆焰火前,闻那呛人的异味。无数飘浮的颗粒被一点点吸进他的左右肺叶里,大多都能自我净化掉。但有一天,悲伤让这棵沉默的大树失去了所有净化能力。本来,他的老婆白天在服装厂给人缝纽扣,晚上回来会给他送吃的。那天晚上,他没有等到女人和她的食物,却等来女人跟随采购员去往异乡的消息,宛如晴天霹雳。从此之后,他再也没有离开砖窑厂,吃喝都在那里,也睡在那里,夏天挥汗如雨,冬天一番劳作后也会汗如雨下,他不停地干活和流汗,眼看着积攒了一辈子的力气就要随汗液流光了。

他气息奄奄地躺在窑厂的床上,煤烟味从枕头的缝隙里传来,从床底下的尘土里传来,从白炽灯暗淡的光线中传来,空气中到处都是呛人的、含颗粒的、一绺一绺的黏稠的气味。他的眼睛、头发、嘴巴里都是那种气味。他病倒了,人体最重要的管道被阻塞,那些气既进不来,也出不去。他的胸腔就像凹陷的大地积满痰液、羞辱与怨恨。连呼吸和咳嗽都变得异常艰难,稍稍用点力,还会带出泡沫状的鲜血。

他的父亲来了。轮到这个走街串巷的人来照顾他。从孩子们的童年起,他就在外面游荡。这个不靠谱、不着家、毫无责任感的男人,终于低下头,坐在临终儿子的床榻前,给他喂饭、洗脸、擦身,就像对小婴孩所做的那样。

这些事情还是后来母亲告诉我的。"那个可怜的人,整个村子里的人都在看他笑话。"除了每天去一趟豆腐匠的作坊,人们很少在街上看到他。他走起路来还算利索,但没了从前那风风火火的劲儿。

那是春天,他偶尔走出儿子的房子,在满是紫云英的花田里躺一躺。为了不引起别人的注意,他总在暮色四合之际才去那里。好几次,我远远地看见他,或许他也看见我了,但谁也没有试图靠近对方。那种时候,一个人能安安静静地待一会儿,比任何事情都让人感到满足。

五

在我即将离家去镇里上中学的那年夏天,村里发生了一件大事。镇上的计生干部来村里寻找白云先生的女儿和女婿。过去两个月里,他们到处找人,但谁也不知道这对夫妻躲到哪里去了。

他们来问我奶奶,作为一墙之隔的邻居,他们觉得她应该知道点什么。但我奶奶的确对此一无所知,哪怕他们以锯掉屋柱相威胁。见无果,一行人气咻咻地走掉了。他们并没有就此离开,而是转去白云先生那里,自从二儿子死后,他又搬回菩萨身边居住。

我和小伙伴们赶到那里时,那群人已经不在了。

昏暗的屋子里,一只巨大的食品橱倒扣在地上,食物的汁液流了一地,散发出腐烂物质的酸臭味。地上一片狼藉,好像有只无形大手将一个人身体里的东西一个劲儿地往外掏,扔得到处都是。屋子昏暗而死寂,没有流水发出的叮咚声,福泉庵的木鱼声也戛然而止。

整个世界都静止了。

白云先生蹲在那面土黄色外墙前,四肢蜷缩着,身体不住地颤抖,好像疟疾病人在打摆子。看见我,他用力笑了笑,又摇了摇头,好像在说,事情就是这样的呀,毫无办法啊。我不敢看他,我们不应该这时候出现在他面前,让他难堪。夏天很热,但那一刻,我们都感到冷意,似乎有什么东西将我们所在之处的气温无端调低了。

我不知道那些风是什么时候刮来的,只感到眼前一片昏天暗地,它们贴地而行,宛如席卷一切的洪水,在吞噬尽低处的纸屑、沙土、碎石后,又将它们从半空抛下,无情地丢弃,去寻找树枝、电线杆、瓦片,以及更多的风。所有的风以及风的携带物在空中相遇、碰撞,发出惊人的呜咽声。

我们安静地站在那里,等待奇迹降临,但愿它能将这里发生的一切都刮走,它的呜咽声可以吞噬掉世上一切混乱与喧嚣。

很多年后,那只倒扣的食品橱仍在我的记忆深处忽隐忽现,再也没有别的气味可与那阵酸腐气息相比,好像它们不是由某种具体的物质散逸出来,而是来自一个人内心深处与生俱来的恐惧。

从那以后,白云先生很少出门,整个人变得邋遢,从前挺直的腰板逐渐佝偻,与那些从庄稼地上退下来的老农没什么两样。他总是走着走着便停下脚步,要不就是扶着墙壁唉声叹气。奶奶经常在老人协会的屋子里看见他,他不打牌,只是坐在那里看牌,晒太阳。一年中有三个季节他都要携带一只泥制小火炉,冬天到了更是须臾不离。他比以往任何时候都怕冷,那间小屋依然照不进一缕哪怕最微弱的光,他经常在夜里被冻醒,双脚被冻成冰坨子。有一年冬天,他把火炉塞在棉被里取暖,差点遭了殃。他们劝他搬走,木结构的房子很容易被烧成空架子,破房子烧了不足为惜,就怕连累一墙之隔的福泉庵。

但他实在没地方可去,他们只能让他留下,前提是不能生火,做饭可以用燃气灶或电饭煲。但他根本没钱买煤气,电也得省着点用。有一年冬天,他在庵墙外捡到一只断了半截尾巴的土狗,从此之后,他与那狗彼此取暖、相依为命。

三年后,我中学毕业回到村里,要不是那副永远白皙的假牙,我可能认不出他。他袖着手,站在人群中,露出那种熟悉的表情。

"听你奶奶说,你画画很好?"他声音低沉,夹杂着某种古怪的兴奋,好像这是多么了不起的成就。

"嗯?"我疑惑地望着他,不知他想说什么。

"那你会不会画老虎?"

"老虎?"

"是啊,你能不能帮我画一只老虎?"

"可我从没有见过老虎啊。"

"就是挂历上有的……蹲在石头上的,全身金黄色,胡须很长,大老虎,能不能帮我画一只。我要把它挂在墙上。"

…………

我大概嗫嚅着答应了他。那种情境下,我只能这么做。我帮奶奶画过鸢尾花、绣球花、月季花,也画过苹果梨子、亭台楼阁、芭蕉美人,但从没画过老虎。我也从没想过要画一只威风凛凛、凶猛强壮的大老虎。

如今,白云先生已离世多年,我的耳边还不时响起那个声音:请给我画一只老虎。时间流逝,我仍一筹莫展。我不是画家,也没有从事与绘画相关的职业,画一只真正的老虎对我来说实在太难了。关于老虎,我曾看过一幅题为《蜂虎》的画,画面中那威严霸气的庞然大物,由于刚刚逃脱蜂群的围攻,显示出慌乱、惊恐、小心翼翼,从头到尾,每个毛孔都弥漫着恐惧。

这些年,我一直在想,如果白云先生也看过那幅画,还会不会让我帮他画一只威风凛凛的大老虎?这世上再也没有那种老虎,它们不是被关进笼子里,就是百无聊赖地躺在一堆食物前晒太阳,它们病弱、胆怯、狼狈不堪。

——人们怎么可能去画一只这样的老虎!

庇护所

一

　　十九年前的夏天,我搬出学校宿舍,搬进一间不足十平方米的小屋。那个长脸、长头发、小脸盘的女人是我的二房东,她很像言情剧里的女主,还是比较悲情的那种。可她的工作居然是炒期货,每天只需瞅瞅屏幕就能把钱赚了。这是我第一次听说这种职业,好奇于其背后的冒险与惊心动魄。

　　不工作的日子,她坐在屋子里看电视、打毛衣、嗑瓜子,她的男友跷着二郎腿,陪她一块儿看电视、嗑瓜子,俩人不时打情骂俏,不时骂骂咧咧,营造出温馨、融洽,又带点琐碎的家庭气氛。作为闯入者,我的不安从钥匙打开房门的那一刻开始,他人生活中毫不设防的一幕忽然暴露在眼皮底下,让我尴尬不适、退无可退。另一名闯入者是位来自新疆的大一女生,为了转去与男友同一专业,正谋划着如何向学校里的老师送礼。男孩经常出现在女孩房间,或许一直在里面,光线穿过粉色窗帘把平淡无奇的小屋变成乐园。

　　他们都住在朝南的大房间里,晒衣服的露台也在那边。每天,为了湿漉漉的衣物我不得不小心翼翼地穿越别人的房间,就像穿过封锁线。焦虑、惶惑、不安,不敢多看一眼。当回到自己那间阴面小屋,更感到暗淡、逼仄、毫无存在感。它毗邻卫生间与厨房,常常与油烟味、下水道的气味不期而遇。没有阳台和飘窗,深色窗帘布深暗而浑浊,床是临时挪过来的;书桌抽屉的金属扶手携带铁锈味,里面更是霉味深重,好像被主人遗弃经年,又被人从旧货市场重新打捞回来,进入物的二次循环中。

　　一日午后,我因一场骤然而至的大雨滞留在某店铺门口,想起早晨刚刚晾出的衣物正代替本人在风雨中飘摇,不由悲从中来。自失去家庭和学校的双重庇护后,我常有流浪之感,没人给我打饭,没人帮我收取衣物,自然也没人知道我身在何处。

　　我给报纸投稿,不久便收到编辑来信,它躺在一大摞广告宣传单里,被我小心翼翼地拣拾出来,看了又看。很多年后,饭局上偶遇这位编辑,他问我是否记得此事,我当然记得,但信早已不在,很多东西就是这么一点点弄丢的,既然居无定所,既然呼吸到的空气都是不确定的,这点小事又何足挂齿。

　　那天夜里我回去晚了,没有找到钥匙,便站在门外轻轻地、反复地敲门,就像啄木鸟"笃笃笃"地啄着那棵病树,除了树林听见,谁也听不到。下雨天,深度睡梦,很轻的敲门声,直到天亮,我也没能让他们中的任何一位为我开门。我实在不愿打扰他们的清梦,两个女孩和她们男友的梦境,甜美、欢乐,这世上没有什么比它们更应该获得庇护。

既然在屋里找不到自己的位置,我就去外面找。那些工作在等着我,它们挑选我,考验我,试图接纳我。那些五花八门的工作认真归纳起来,不过是献出时间精力帮助他人完成各种事务以赚取日常生活所需,比如给人看病、陪人聊天、帮助某人解决切实存在的问题。某一日,我拿着报纸上发表的"豆腐块"去某广告公司应聘,他们看过文字后,表现出显而易见的兴趣,但又不能很快下定决心。管事的人看了我足足十几秒,忽然问道,你的理想薪酬是多少?能不能接受加班?他的问题一长串,充满压迫感,就像酒足饭饱者在嗷嗷待哺的人面前投掷美食。自然,我被那家公司毫不客气地拒之门外,他们需要的是充满野心和物欲的员工,而不是欲望低微、随遇而安、连休息时间也不肯无偿奉送的人。

我到底在想什么?为何不愿把并不珍贵的时间毫无保留地交付出来,以换取更加珍贵的生存资源?再说,一个连安身之处都岌岌可危的人,还能有什么更好的选择?我不知自己身上这种不切实际的想法究竟来自何处,家族长辈都很务实,并没有任何飘忽不定的举止。

没多久,我成功入职另一家广告公司,为鲜切花、蜜桃、粽子、西瓜等物撰写文案,我要做的是在文案与顾客们的购买欲之间建立最直接、最真切的联系。为了完成任务,我不得不堆砌辞藻,将那些华丽的、摇曳生姿的、表情丰富的都拉来为我所用,它们东倒西歪、战战兢兢，勉强组成一个乏味、生硬、面目可憎的世界。我感到自己不仅被现实世界抛弃，连神往已久的世界也对我设置障碍。我跑去经理办公室辞职，他一脸狐疑地望着我，以为自己听错了。当初，力排众议将我招进去的人是他。他以为我可以胜任这项工作，只需费一点点心思就能做到。我头一次在陌生人面前坦陈自己的困惑，说没有任何真情实感的文字就像谎言，长此以往，反而会破坏我的语感云云。从经理的表情中，我意识到自己的言行如此可笑，但他忍住嘴角滑脱而出的笑意，用一种疑惑多于嘲讽、诧异大于质疑的语气对我说——其原话大意如此：没想到你把自己看得这么高！他用"高"这个字，而不是"清高"或"重要"。在他眼里，我既然是低的就该安于低处的风景，并持久地忍受它。他说得确实一点错处都没有，千千万万的人蝼蚁般忍受着难以忍受的东西，而如此境遇下的我居然还有此等不切实际的幻想，实在匪夷所思。

我再次让自己成为人群中游荡的一员，小心翼翼地路过一些工作，短暂地尝试之后便果断地离开了。我担心自己一旦深陷其中，便无法抽身而出。这世上有很多工作任人们想破脑袋也想不到，那些人为了生存把自己逼到了何种境地。有一天，我在路上看见一个推销洗发水的年轻人，站在烈日当空的电线杆下给人打电话，汗珠顺着黝黑的脸庞不断淌下来。他对着电话里的人大吼大叫，好像任何一件小事都能让他崩溃痛哭，我很想上前拥抱他——就像拥抱另一个自己。

二

　　有一天，我骑着自行车在街上晃荡，与一辆黑色轿车撞上了，车身倒地的同时，轮胎变了形。我快速从地上爬起来，轿车里的人也打开车门，第一句话便是"你是哪个单位的"，这振聋发聩的一问着实把我震慑住了，好像我要是没有单位便也取消了合法申诉的权益，其中或许还蕴藏着这样的"潜台词"——既然我在现实生活中没能拥有一个合法的庇护所，那在街头遭遇风险也是情理之中，怨他不得。

　　因为这一句诘问，我居然在肇事者面前抬不起头来。羞愧感就像雾霾一样笼罩着我，让我顾不得去审视作为受害者应该获得的权益和补偿。我推着那辆已然报废的自行车，拿着四十块赔偿金，唯唯诺诺地走开了。

　　多年来，这无法忘记的一幕让我的羞愧感渐渐发酵成羞耻感，并在体内安营扎寨，心心念念想要消除它。有段时间，我渴望进入有保安、有围墙、有监控室的单位上班，由此获得切切实实的庇护。经多方努力，经笔试和面试，我被挑拣出来，就像一粒成色、光泽度都上佳的珍珠从一大堆平庸的珠子中脱颖而出……由此进入一个固若金汤的集体，他人眼里的好单位、好归宿，比女子嫁到好人家还要有成就感，还让人羡慕。

　　它在一幢明亮、高耸的大楼里安营扎寨，玻璃幕墙，夜晚亮灯时熠熠生辉宛如被完美切割的巨型宝石。它位于全城最繁华的区域,是城市的心脏部位。它整饬庞大,人数众多,分工明确。进入集体怀抱的梦想实现了,与二十几个人共用一间办公室,彼此以半截隔断相连,完成各项工作的分工、合作。我想到网格,我成了格子上的一点,无数的点汇成线,线与线彼此或平行或交叉,组成庞大的组织,也就是单位。

我终于落入其中,就像水滴汇入大河,在我身边是形形色色的水滴,不知那些水滴放弃怎样的生活才流到这里。在"水滴"们的脸上,我什么也看不出,什么也发现不了。他们穿着制服,梳着与那个空间契合的发型,长发一律束起,短发理得一丝不苟,没有醒目的刺青,没有奇装异服,其笑容温和克制让人无可指摘。

亲戚家有小孩从部队退伍回家,看到公安部门招聘工作人员,样样符合,唯有一条让他抓狂不已。他身上有文身,文的还是黑线条、图腾、重彩,无法彻底洗掉。就因为这个,他失去了工作机会。似乎,文身天然地与美、反抗、异见、标新立异等休戚相关。而工作,尤其是公安部门的工作,以顺从、服从、听从为第一要务,自然水火不容。

他们在文身与重要工作之间竖起一道天堑,而那些重要工作不仅规定了学历、经历和工作能力,还对应聘者的身体发肤提出特殊要求,或许它想要的是没有任何瑕疵的人,既没有道德上的瑕疵,也没有皮肤上的——一个随时可以被考量、被印证的完美无瑕者,可这世上真有这样的人存在吗?

有时候,我不免怀疑职场上那些妆容精致、和善可亲的女性,在她们身体内部或许也藏有一处小小的文身，一张树叶、一枚松果或一片羽毛。毕竟，职场是那样一处泯灭人性的地方，每个人都必须在里面小心翼翼地使用化妆术或易容术才能活下去。"潜水"真是个好词，我在那个庞大单位里的现状大抵如此，常常躲在角落里以缩小占地面积，不得不移动时也是目不斜视，挨着墙根行走。厚厚沉沉的窗帘将阳光和灰尘一并挡在外面，空调营造出温室效果，绿植散发出塑料般的绿意，人在其中就像行走在一座与世隔绝的城堡里。城堡内外的空气各自分开，不再流通。

等级制是我一开始便知晓的事，但没想到会如此严重。简单地说，干一模一样的活儿拿到的酬劳却千差万别，只因进入时领取了不同的身份密码。我无条件接受这一切，在现实生活中裸露太久的人是会将钟形罩视作庇护所，尽管里面空气稀薄让人窒息，但总好过严酷、苛刻的露天环境。

时光飞逝，又像是一天也没过去。我的职位是网站编辑，不过是将从别处挑拣而来的信息复制粘贴一番，再发布出去。日常工作包含这两个基本动作：复制、粘贴，再复制、粘贴，一直复制、粘贴下去，永远有信息被不同机构、群体、个人制造出来，为我们所用。而其中的内容根本没时间阅读，也无须阅读。只有标题——我拎起"标题"一把将它们从信息的海里拖拽出来。于是，那些大大小小、有用没用、重要或不重要的信息在我的搬运下再次扩展、蔓延开来。我既是信息的转载者，也是信息的助力者，也有可能是终结者，但它们的命运故事并没有被改变。

我都做了什么？所采撷的信息也不像小时候割下的草叶那样有用，后者还能将一只瘦骨嶙峋的兔子喂得肥美、毛发闪亮。三年下来，以每天复制粘贴一百条信息为计，也有十万余条了。因此所获酬劳除了让我将有用无用的东西搬回家，再搬回更多东西，便没有别的了。我的橱柜、抽屉、箱子一一被填满，需要更多更大的橱柜、抽屉、箱子来满足物的收纳、陈列和摆放。它们都是网购的成果，无须走街串巷，只需工作之余点点鼠标就能做到。

与此同时，经我之手复制、粘贴的信息也更为惊人了，几乎到了"爆炸"的程度，所幸网站还在不断扩容升级中，以应付潮水般翻滚涌荡的资讯。但所有资讯不过是水的不同形式，迟早会被蒸发殆尽。加法和乘法已满足不了这个世界，还有更疯狂的算法等待被发明出来，那是迟早的事。

三

我决定离开这永无休止的搬运工作。由于是主动递交的辞职报告，连失业金也无法领到，我不知道这算不算是对拒绝者的惩罚，或者是对主动选择者的警告。规矩就是这么制定的，对它的质疑并不能改变什么。

关于辞职的版本众多，每种心情、语境下都有不同的说法，它们很像虚构的产物。比如，我会在女权主义者面前极力渲染职场里的女性弱势及不公正之待遇，将性骚扰、暧昧、办公室政治挂在嘴边；如果遇见的是具有十足妻性和母性的人，我会说这一切都是为了家庭和孩子，好像只要我放弃工作就能让家里所有人都获得幸福；也有人想当然以为家中伴侣是个赚钱能手，自然无须我在职场里委曲求全，这种论调尽管让我很不舒服，但颇符合逻辑与常情，被我默认并接受了。所有版本中，最容易让人信服的是物质条件这一项，这是所有辞职得以顺利执行的重要条件，好像只有有钱人才有权利重新选择生活。

什么理由并不重要，重要的是兜兜转转之后，我又成为没有单位的人。它根本不是深思熟虑的结果，更像是一场即兴表演。我忘了自己如何提交辞职报告、如何收拾物品、如何与同事解释和告别，我几乎逃也似的离开那里，生怕被某种力量生擒回去，或者自己心生悔意，导致功败垂成。我好像成了某个剧里的人物，正冒着生命风险代替角色行使使命。

不用上班的第一天，我以为自己会迎来一场酣畅淋漓的大觉，睡到日上三竿，睡个昏天黑地，把工作中损失的睡眠统统补回来。但我像往常那样早早起床了，坐在明亮整洁的书房里，这差不多是我头一回正儿八经安坐在那个空间里，面对书橱里还未拆封的书籍，心里陡然升起时间流逝的惶恐感，多年前的感觉又回来了。

几乎没有任何过渡，我很快让自己进入"写作"之中。它的种子可能早就埋下，在做信息搬运工那几年，或许更早。既然写作是个无底洞，我就要往其中投掷勇气、热情、专注，还有孤独、彷徨、恐惧，看看会发生什么；既然写作有时也被当作一门技艺，我就应该像学习别的手艺活那样勤勤勉勉，按部就班。

那如何学习写作，又去何处学？我自然一头雾水，一无所知。在学校里，我学的是医学专业，花费大量时间学习这个古老的专业，了解人体骨头构造、血液走向、神经丛分布，但我就像大海里游泳的人摸到的永远只是其中一角，当面对具体、完整而活生生的人体时，我彻底傻眼了。它们那么复杂，且因人而异、千差万别，完全超乎书本和我的想象。

写作与当医生似乎很不同，它没有定法，没有规矩，它欢迎热爱自由的灵魂加入。我好像天然地知道该怎么写，我只写自己，在回忆中打捞自己，对另一个自己实话实说。这样的事情有什么难度呢？它最大的难度大概来自于一个人并不是那么容易信任自己、敞开自己。可一旦认识到人在世上的处境，孤身一人、无所依傍，只能与自身相处，事情似乎就没那么难了。我对写作感到好奇，它和任何一项工作都不同，它不是工作，就像人体心脏——它的收缩和舒张不仅是器官的运行，更关乎生命体本身的存续。写作大概就像人体心脏的日夜兼程以及大地之上河流的奔腾不息，只不过它是无形的，只对少数人起作用。

那段时间，经常有人问我写作赚钱吗，能赚多少钱？肯定比上班赚得多吧，不然怎么就辞职了呢。我不知如何回答这样的问题，但我承认他们敏感而锐利，总能看透一切。我时常想起一个男人过山车式的人生，为了炒股把稳定得像山脉一样的工作辞掉了，没过几年，已经要靠卖房子才能存活。当连卖房子获得的钱也蒸发殆尽后,他干脆让自己消失。最后一次看见他时,他坐在街角和流浪者下棋,衣衫不整,却神情泰然。

真正让我动容的不是他的荒唐过往与落魄现状,而是那一刻的不屑,甚至无所畏惧。之后很多年里,我常常回想起人群中的这张脸,好像那里面也有我竭尽全力想要获得的东西,尽管我并不完全明白那是什么。

热爱写作与热衷于股票和冒险投资是不是性属同类?我很难说它们之间毫无关联。真正开始写作后,我才发现它比之前任何职业都要艰难,它对诸如勇敢、真诚这种品质具有无与伦比的希求。似乎,我的面前时刻摆放着一架测谎仪,我要为写下的话负责,为自己负责。

写作者不能以写作本身受雇于任何单位,也不能因此拥有团队与合作伙伴,只能单打独斗。写作不是职业。但凡职业总有远景、规划,总有投入、产出和成本计算,但写作并没有,也不可能有。写作者的规划可能仅仅是纸上方案,是头脑里的风暴,越是部署周密,越可能无法实现。写作不能被预估、被期待,甚至拒绝被评价。

有一年,我专门住到一个小院跟人学习写作技艺。我听很多人谈论写作,既有现场聆听,也有纸页上的教诲。那些伟大的灵魂就像镜子,也像天空,他们坦荡、深情,映照一切。我从他们身上习得的与小时候从自然中获得的一样多。小院里发生的一切至今仍让我难忘。很多个深夜,我放下写作走出房间,走到泡桐树下。酒盅一样的粉紫色花朵洒落一地,给人迷醉的气息,就像写作带给我的。

从没有一样事情沉浸越深，越是迷惑和无从把握，好似从没有在这方面花过任何力气。

那些夜里月亮在云层里钻进钻出，古老的北方的月亮与我小时候所见的没什么两样，却又如此不同。我感到某个重要的秘密正被月亮倾吐而出，但它沉默地看着我，什么也没说。

白天，常有路人站在小院的铁栅栏外张望，好奇于这个院落里的人都在做些什么。我也好奇。千差万别的写作就像道路分岔的小径，谁也不知它通往何方。

有段时间，我给大型商业体做文案策划，遇见一个彬彬有礼的职业经理人。他是我的面试官，半年后，我又向他递交了辞呈。他竭力挽留我，叫我不要一时冲动将自己置于危险境地。为了说服我，在那个昏暗、堆满杂物的办公室里，他不惜压低声音与我分享他的"秘密"，他说自己正在构思一部与狱卒有关的长篇小说，打算退休后就动笔。他伸了伸手指头告诉我，"还有十年"。他要把这十年的牢底坐穿，之后便迎来新生。不用说十年，有些生活我连十天都过不下去，特别是知道这世上还有"写作"这回事。

总是这样，一旦遇到无法忍受之事，我便想要离开，好像再如此下去便永远无法脱身似的。写作——也有可能是别的什么事，它们成了某些人群在特定时期的收容站与庇护所，就像荒野里某个可遮风挡雨的设施，是户外爱好者所能找到的山洞或树洞。而寻找和搭建庇护所向来是野外生存中的重要技能。

可茫茫人世是否真的存在所谓的庇护所，我很是怀疑。

四

　　有人为了寻找死去的、从未谋面的亲戚，去了街道、殡仪馆、档案馆、公安局，最后在公安机关的档案管理部门发现存档。档案比本人活得久。据说，它是永久的，在肉体化为灰烬后依然存在。那几张薄薄的纸片上想必记录着人在一些关键时间节点上的所做所为，有成绩、奖励、评价，自然也有罪证、纷争和惩罚。

　　我想起自己的档案——它存放在人才市场，我曾经亲手将它从原籍所在地的派出所取出。当年捧着那个盖着封印的信封，有种将自己命运捧在手心的感觉，心想着不能将它弄丢了，不然那个过去的自己便没了存在过的凭证。

　　从那以后，我再也没有与我的档案见过面，可能此生再也无法相见了。我当然知道这个时代的普通档案里并没有什么惊心动魄的记录，不过是学业总结、成绩数字、师长评价。如果说一个人的求学经历、政治面貌、品德作风可以被记录在档案里，那他的精神履历又该寄身何处？我们从小到大对这个世界认知的改变，内心深处的风暴，又该由何种工具来负责记录？而那些从没有上过学，或早早便辍了学的人，又该去哪里找寻证明？还有被"调包计"折磨的人，连档案也是假的。作为一个人，如果没了档案和子嗣，而房子迟早会更名，户籍和银行账号最终会被注销……又该如何证明自己在这个世上存活过？

　　孔雀的呼唤

艺术家安迪·沃霍尔遗有 612 个纸板箱，里面存放着经他之手的部分物品，有信件、书籍、杂志、礼物、相片、展览目录等，时间跨度近三十年。后来，展品被命名为《时间胶囊》展出。所有看过《时间胶囊》的人大概都存有这样的困惑，人的一生到底该由哪些物事来证明和书写？

自开始写作后，我收藏最多的大概便是各个时期的废稿，它们成了我与世界的联结纽带。它们不仅告诉我这项工作的艰辛与遥不可及，还告知世人一个写作者在纸面上缓慢地建立与确认自我的过程是多么艰难。它们是那样一份让人颤栗的记录，多面、善变，充满歧义和挫败感，是对某段往事及自身现状的反复纠正与确认。

某一年，我写了一部以家族故事为蓝本的作品，角色素材涉及诸多亲人，我尽量真诚地袒露一切，不隐瞒，不遮掩，不拔高，将内心深处模糊、隐秘、不堪的情绪准确无误地呈现出来，以期接近我以为的真实。没想到，它在亲友圈迅速发酵，并引来讨伐之声。他们认为我将家族糗事暴露在光天化日之下，并引起围观和传播，是大逆不道之举。他们的愤怒让我既讶异又惶恐，这是经过变形和加工后的文字世界啊，怎能做如此解读呢。更让我伤怀的是从小到大建立的亲情就此被摧毁，且无重建的可能——这是我万万没想到的。我知道即使重新书写也不会改变什么，或许更为糟糕。

文字世界里，写作者的身份超越任何世俗身份角色的设定，后者早已让位于前者。虚拟空间里一度流行"漂流瓶"游戏，在瓶子里塞入深夜的梦话，经时间的发酵和延宕后，被另一个空间里的人看见，或永远不可见。写作也是如此，它是对着不可见之人的喃喃自语，好似深海鱼类的独白。

我想到鳗鱼神秘、孤独的旅行。这种鱼类的一生大致要经历四个阶段，柳叶鳗——玻璃鳗——黄鳗——银鳗，也有鳗鱼至死都停留在黄鳗阶段。当黄鳗决定蜕变成银鳗，向着自己的出生地马尾藻海游去，并在那里完成繁殖，沉入海底，死去——便预示着某个神奇时刻的降临。谁也不知道这一切是怎么发生的，当一条鱼开始觉醒，放弃安逸的生活，不惜跨越大半个地球，大概便是"文学"时刻的降临。

鳗鱼的洄游之旅很像写作者对生命旅途的回望，它的神秘性来自对生命源头的认知冲动。随着回望之旅的持续推进，一个看不见的世界在纸页上扩张，攻城略地。我邀请死去的亲人住进文字里，也约请素不相识者涉足其中。我不断后退回到过去，在销声匿迹的地方看见人影，在太阳消逝的地方窥见光影移动的画面。无中生有，并生出更大的有。笔下世界与现实世界呈平行关系，就像云朵与它在水里的倒影。

我离现实世界更远，也更近了。我理解人们的荒诞行为、怪异举止，我理解故事的变形、结尾的突兀，我理解人们的兴奋欢呼与痛哭流涕。我相信自己走进了另一个世界，因为那个世界的存在，我不用担心自己会失去什么。

某一天，当读到薇依的话："人在漂泊无依中扎根。人也在独处、失群中，自我背负，自我净化。"我有一种黑暗航行途中忽然抓

孔雀的呼唤

住栏杆的感觉。

五

　　某年初夏,我回到童年的村庄收集写作素材。燥热的空气,万物有气无力,正欲脱离时间的掌控而去。村庄垂垂老矣,好似随便一声巨响就能将那些摇摇欲坠的屋子震得坍塌,震成粉末。只有房前屋后的树依然年轻,抽枝绽叶,试图撑开一片更浓密、更宽厚的绿荫。

　　一切似乎都是安排好的。当来到屋后的废墟之地,没有任何提醒和暗示,不经意的寻觅中,只见一口蓝花瓷碗插在黄泥与碎石中,出土文物般隐蔽。碗口缺了一角。它很像我七岁生日那天打碎的碗,一只失而复得的碗。我带着碎瓷碗在长满荒草的村街上游荡,好像随时可以推开人家房门要一碗水喝。遥远的童年时代,这样的事情时有发生。某个节日的夜晚,孩童带着食物器皿成群结队去人家屋里讨吃的,他们打着灯笼、唱着歌,在古老的村街上游荡。不过十几年时间,这里的住民甚至没来得及完成最后一场祭典,便像夏日河道里的水一去不复返。

　　无人的村庄,草木葳蕤的气息统御一切,浓郁、黏稠,在阳光的渲染下更给人无边无际感。过往时光被毫无障碍地递送至眼前,好似伸一伸手就能触碰到。晒谷场上的跳房子游戏、赤裸双脚踩在晒化的柏油路面上、天狗吞食月亮的夜晚走在敲锣打鼓的人群里……时间像水一样洗过眼前事物，那么明亮、安静，恍如隔世。刺目光照下，我认出墙头瓦棱间摇晃的青草、门背后躲藏的风、栾树下幽绿层叠的青苔，我还认出那个摇摇晃晃的自己，蹒跚学步的我绕过母亲的针线篮，从绿色木门里走出来，走到石头台阶上，并遭遇人生第一场滑铁卢。我摔跤了，摔得四仰八叉，好不狼狈。

木门在之后的记忆中被更改了朝向，它朝向安全之地，离台阶更远的地方。此后，湖水一样幽深的绿门就此消失，被一扇普普通通的深色木门所取代。母亲说，你那时候那么小，怎么会记得那扇门。可我就是记得。可能是那种绿色，可能是对摔跤的恐惧与疼痛的记忆，也可能只与针线篮的形状有关……它们共同构成回忆的秘钥。

我从阴凉处起身，去寻找留下最初记忆的地方，三间石砌平房仍待在原地，窗户被木柴和尘土封住了，门上落锁锈迹斑斑。它曾作为学堂而存在，容纳过一二年级孩童的笑声。在那里，我以一把桑葚换过一张簇新白纸，将它折成纸船，等着带它去雨后的村街上游荡。可这些事情并非总能顺利进行，通往学校的路上住着红鼻子、大眼睛的侏儒，常常站在门口石墙前吓唬小孩。他脑袋很大，腿很短——像在睡梦中被人生生地锯掉一大截，更可怕的是那张铠甲一样、皱纹密布的脸，从不知微笑为何物。

恐惧一度主宰着我，就算侏儒和村庄里的人都荡然无存的今天，于吹拂过脸庞的热风中仍能察觉到隐约的慌乱与不安。那时候，我总被告诫昏暗隧道的尽头藏着被捂住口鼻的孩童，所有空荡

　　　　　　　　　　　　　孔雀的呼唤

荡的坟墓里都点着一盏灯——灯灭之时便是所对应的肉身凋零之日，而摘到那种叫打碗碗花的植物会立即打碎碗。更有廊檐下木柱带给我的眩晕感，那是孩童的游戏，以手扶柱不停地绕圈、绕圈，虚飘处身体好像马上要被抛至另一世界。

自写作以来，对恐惧的书写是重要主题。人在惊慌失措中离开故园，并于茫茫人海中不断召唤它。某一日，我读到如下文字，关于鸟以痛苦筑就的巢穴，并在其中安身。

"家宅就是主人自身，它的体形和它最直接的努力，要我说就是它的痛苦。获得这样的成果只有依靠胸腔反复不断地挤压。这些植物的细枝，没有一根不是在胸腔、心口千万次的推动下才获得并保持其曲线，这其中必然伴随着呼吸甚至心跳的困难。"……己身好似化作筑巢的鸟类，在无休止的推动中致力于巢穴内部的温暖与完整。

我早已认同那个世界的存在，用语词和句子一点点接近它们，让光芒从内心深处自动绵延开来，就像垂直而下的天光，利剑一样的金光，锋锐、凌厉，充满刺痛。

祖父的两次出走

一

　　在我们家,祖母才是那个决定一切的人。她不仅可以决定一日三餐吃什么,还能对出门在外的家人发出召唤,让他们回家,或寄钱回家。她把儿子、媳妇赶到外地打工赚钱,去宁波、杭州,或更远一些的上海,却只允许祖父在距家三公里内的集市上活动,还生怕他走丢、被骗,回不了家。

　　"快去看看,你爷爷到哪儿了?"

　　"这个糟老头,不会迷路了,饿晕了,被人拐走了吧?"

　　每次祖父光顾集市的日子,祖母便失魂落魄,坐卧不安,好像有人要拿石块砸她脑袋。如果到了午后,祖父还没返回,她就让我饿着肚子站在村口苦等,她自己则站到院门外的楝树下等。

　　赶集回家的祖父,就像凯旋的君王,带着满满当当的"战利品",笑眯眯地分给祖母和我。它们可都是他用青菜、白菜、茄子和胡萝卜等物,一样样换来的。

有一次,他给祖母带回一顶绒线帽、一双胶鞋、两斤姜汁红糖,给我的礼物则是三只橙黄色的鸭梨,它们被装在搪瓷痰盂里——圆形、低矮的敞口容器,周身画着鸳鸯戏水的图案,我在邻居家的床底下见过。

他从那个东西里小心翼翼地掏出鸭梨递我,笑眯眯地看着我。

"这个梨啊,又甜又脆,可好吃啦。"

"听说是从山东阳信那边运过来的。"

——我没有说话,也听不清他的话,只盯着他手里的搪瓷痰盂。我的手伸出去,又缩回来。红白相间的痰盂太刺目了,它明明是崭新的……新的。我磨磨蹭蹭,对那只橙黄色的梨怀着忌惮之心,不敢伸手去接。祖父搞不明白我在想什么,对着我直瞪眼睛,而祖母气得要拿荆条抽我。那次,我或许吃了那只鸭梨,或许并没有。以后每次看到祖父从集市带回的水果,我总想起那只红白相间的痰盂,心里感到莫名的不适和慌乱。

那时候,家里鲜有零食,水果更是稀罕物。村子里虽然有橘树、文旦树、杨梅树、枇杷树——那些树上结的果子却青涩无比,连鸟雀也不愿多啄几口。至于苹果树、杧果树、龙眼树什么的,我们见也没见过,甚至不知香蕉是挂在树枝上,还是像西瓜那样匍匐在地上。

有一次,祖父竟然说他吃过一种红皮香蕉,皮是红的,里面的肉是白的,带着一种淡淡的兰花香味。苹果有苹果的味,草莓有草莓的味——香蕉怎么会是兰花的味呢?我和祖母都不信。我问他在哪里吃到,多少钱一斤。他嗫嚅着,抓耳挠腮,有些难堪,有些不知所措,好似被触到痛处。

祖母朝我摆手,示意我别再问下去了。

可我仍然不依不饶。

"这么说,你老人家一定是在梦里吃到的喽。"

"哈哈哈,肯定是的。"

…………

这世上怎么会有香蕉是红色的呢?直到很多年后,我在南方一家大型超市里看见那种红皮香蕉,它硬得像铁,颜色接近栗子色,乍一看还以为坏掉了。

某个祭祀后的夜里,一顿饱餐后,我们百无聊赖地躺在床上,看屋顶"天窗"漏下的星光,听鼠类在房梁上奔窜。就在似睡似醒之间,红皮香蕉再次从祖父嘴里一点点吐露出来,带着一股异域的芳香,却被那时候的我们误以为是醉汉的胡言乱语。

关于神秘的红皮香蕉,除了甜、带兰花味,祖父倒没有多余的话。他害怕说出那些话,它们会将往事连根拔起,让自己无立锥之地。

祖父曾做过小兵的事还是后来海峡两岸开放探亲时,被人抖搂出来。那个人是这么说的,如果我的祖父现在还在台湾(也不想想如果祖父不是现在的祖父,还会有我们这一家子的存在吗),那

孔雀的呼唤

么我们全家每个人都可以得到金子,至少是一枚金戒指。村里有人的舅舅当年去了台湾,此番回来探亲就送给每个人一样金器,连出嫁的女儿都得到一枚金戒指。

遗憾的是,祖父当年从那里回来了。

他,居然是,逃回来的!

从那么远的台湾!

我无法想象大字不识一个的人如何千里迢迢、舟车劳顿,顺利跨过大海,回到故乡。他是怎么做到的?难道一路上只喝海水,只吃带兰花味的红皮香蕉?

二

多少年过去,我一直不敢相信这个咋呼、冒失,既不灵活也不机智的老头会与冒险故事扯上关系。如果那是真的,他一定用过手枪,扔过手榴弹,听过爆炸声,看见过堆积如山的死人……比电视里播放的场面还要惨烈一万倍。难怪,他从来不看那些打打杀杀的电视剧,当电视机里传来厮杀声和爆炸声,他不是躺在床上呼呼大睡,就是穿着破衣烂衫去巡视他的"领地"——竹林、稻田、庄稼地。

自从惊天大秘密被泄露后,我们兴奋得喘不过气来,对他展开狂轰滥炸似的追问,就像电视里的坏人对刚刚"被暴露"的共产党员进行严刑拷打。台湾怎么样?为什么要逃回来?怎么回来的?路上发生了什么？有太多问题纠缠着我们，让我们寝食不安。既为了发生在祖父身上的冒险故事，更为了那不翼而飞的金戒指。

可他什么也不说，不是嗯嗯啊啊地搪塞，就是往席子上一躺闭着眼睛胡言乱语，说自己忘记了，什么也不晓得了。当被逼迫得急了，他就大吼大叫，唾沫星子满天飞，那张皱巴巴的红脸更显红了，连眼睛也是红的，就像刚刚喝过祭祀日的老酒，和远去的战友在黑暗的角落里方才照过面。

这些年，祖父真正坚持的似乎只有一件事，他不顾家人阻挠，竭力延长祭祀时间，把祭桌从宗祠里面搬到外面，把九大碗、酒盅、蜡烛和燃香一并搬到无名的窄路上。用他的话说，让孤魂野鬼也来吃个饱吧！他所说的孤魂野鬼，大概就包括当小兵时的战友吧。他在暮色中嘀嘀咕咕，难道就为了与那些人作跨时空交流？这是我从没有想过的。自从他当过逃兵、去过台湾的事情被抖搂出来后，对发生在他身上的鬼鬼祟祟之事，我似乎也能理解一二了。

祖父的睡前故事是我童年幻想的启蒙。什么埋在后山的石头变乌金啊，落魄少年经仙人指点获得财富秘钥啊，以及那个——有六十六只绵羊，七十七棵树，八十八箱绸缎，九十九亩地——丑陋而贪婪的地主婆如何被骑着金凤凰的使唤丫头一把火烧掉……所有这些残酷又多情的民间故事因祖父奇崛、诡异的讲述而活了过来，贫穷的少年否极泰来，善良孝顺的人回报多多，而罪恶滔天者也将得到应有惩治。

不知从什么时候起，祖父开始在河滩边、道路畔、房前屋后见缝插针地种植各种树木，有栗子树、枣树、楝树、梅树、柿子树，以及雷竹——据说早春打雷即出笋，以至于每次听到雷声，我都要查看那丛婆娑竹影里是否长出稚嫩的笋芽。很多年里，那里一点动静都没有。显然，祖父并不是这方面的能手，他种的梅子又酸又涩，枣树好多年都没结果，而河畔边那株孤零零的栗子树最终在一场洪水中被连根拔起，不知所踪。

这些徒劳无功之事并没有将祖父身上的热情耗尽，相反，更激发了他的斗志。他无法容忍视野所及之处还存在着一寸两寸的荒地。在从前，种下便意味着希望，但不过几年时间，一切都变了。丰收的果实烂在树枝上的事应有尽有，人们无力也不愿去获取那些东西。它们太廉价了。祖父在率性种下后，也便任其自由生灭。我无法解释这行为背后的动机，他无法容忍荒芜，但满目丰收、无人采摘的场景何尝不是另一种更深意义的荒芜。

他活得太久，战争、饥馑、天灾人祸都无法阻止他成为长寿的人，在时间的隧道中耐心奔跑的人。相比于生命短促的小兵，他活到新中国成立，活过三年困难时期，活到所有人视土地为血液和命脉，活到它们最终又被毫不留情地抛弃……他不知道这个世界到底发生了什么，但领袖的头像一茬茬地更改，被换掉，他是看见了的。一批批言论不断地被制造出来，通过广播以及别的渠道，也被他模糊地感知到。只是，他从不关心这些，连事件和人物的命名都叫不全。他甚至不知道，当年他们为什么要抓他，他可什么都不会，不会炊事、救人，更不会打仗。

他唯一在意的是,谷仓里的谷物多了还是少了,曾经属于他的田地如今又是哪家在耕作,他希望它们离河道和水库近一些,是一块平坦、规则的区域,隐藏着丰收的潜质。他日夜所想的就是这些。

三

童年的春夜,我见识过祖父的怒气冲天。一连数晚,他端坐在邻居家的房子外面,骂骂咧咧,什么难听的话都说,任谁也劝不住。不过是人家的牲畜房挡了他的光线,他就那么怒不可遏。祖父暴怒的身影让人畏惧,好似被什么东西附了身,完全不是平日里那个缩手缩脚、失魂落魄的老头。

那些夜里,整个村庄都回荡着他的咒骂声——就像翻滚的雷声,让人战栗。祖母不得不到处跟人解释:"这老头羊癫疯发作了,你们别理他。"或者说:"他肯定是打仗时脑壳被枪托砸坏了,你们别跟他一般见识。"对此,很多人都给予了充分理解,因为黑夜一过,他又成了最正常不过的老头,唯唯诺诺,低声下气,一问三不知。

如此声势浩大的骂人运动,每年总要来上那么几回。要是没有明确的咒骂对象,他就对着空气骂,对着黑夜里的萤火虫骂,对着牲畜房里的牛犊骂。他失去理性,乱喊乱叫,谁要是试图劝阻,就会引火烧身,被骂得狗血喷头。他的胸膛里好像住着一个鲁莽、强壮、随时准备去冲锋陷阵的战士。

孔雀的呼唤

如此一番折腾后,他偃旗息鼓,回到床榻上倒头就睡。第二天,又像个没事人似的,既不找人赔礼道歉,也不显示出过分愧疚的神情。除了吃和睡,其余时间,照例扛着锄头去田间地头巡逻。那是他的工作场所,也是真正意义上的故乡。他熟悉脚下土壤的成分,喜欢闻阳光在上面慢慢发散的气味,也着迷于粪水浇灌下的田园所散发出的气息。

　　当年,他渡过大海,去了遥远的海峡彼岸,双脚一踏上那陌生的陆地,他就知道那里并不属于他。特别是岛屿的南边,与故土的特性严重不符。他拼了命也要回来。有人说他上了一艘捕鱼船,也有人认为他是一路游回来的,游到半途浮在一块木板上,被渔民救了。总之,版本众多,却毫无依据。

　　很多年后,根据国家政策,祖父作为国民党老兵也能获得一定的政府补助。家人向政府提出申请。他们的条件是找到见证人。他们告诉他,或许某个村里还有一个,去找找看吧。家人找去后,发现此人刚刚过世,已被草草埋葬。他甚至没有家属,送终的是其侄儿。老人的侄儿是个红脸膛的石匠,家里儿女成群,鸡鸭成群。他对老人的过去一无所知,只说那是一个守林人,独自在山上住了三十几年。临死前把守林赚来的钱都换成老酒,酒喝光后,人也走了。

　　祖父第一次对这种事情流露出吃惊的神色。他睁着通红的眼睛,双唇不住地颤抖着,似乎在说,居然还有这样的人,怎么会有这样的人?在此之前,他可一点也不知道啊。那个深山里的守林人,与树木和朝霞为伴的人,在野猪和山兽的陪伴中度过了一生。没有战功,没有可以诉说的辉煌过往,只有被抓的羞辱和逃跑路上的辛酸。

现在,连那个所谓的"见证人"也无法见证了。

家人再去找政府的人询问,里面的人还是说,除非能找到另一个"见证人",不然就真的没有办法了。不用说见证人,连见证物都没有。惊慌失措的逃跑者怎么会想着留下证据,以备后用?况且,曾经的见证者不是隐姓埋名,就是成了尘埃里的人。

记忆中,那是最后一次祖父的人生过往被如此频密地提及,它一度成为整个家庭的中心议题,他们让他重新开启那架锈迹斑斑的回忆机器,去往事的大海里捕捞最有价值,也是最让人羞愧的部分。

某年夏天,我来到湖南省平江县博物馆,馆里正在举办一场肖像摄影展。素白背景,等身高的纪实拍摄。摄影家将镜头对准当年的红军战士,年龄从八十九岁到一百零一岁不等,都是大时代里的失散者,脸孔上写着哀戚、愁苦、茫然无措。在仓皇奔走的时日里,他们做过乞丐、和尚、小商贩以及阉猪人。为了活下来,他们什么都做。多年来,他们在尘埃里讨生活,再也没有归属过任何集体。

比起失散者曾有过的辉煌旅程,祖父的往事乏善可陈,甚至难以启齿。作为战败者队伍中的一员,他毫无目标,毫无信念,不为任何阶级、党派和政权而战。他是被抓和被迫的。如果可以选择,他宁愿待在家里,选择为他的一亩三分田出力。没有什么可与他对土地的深情相比。到最后,连这份深情也沦为笑柄。辛苦一年的收成还不如打工者一个月的工资收入。越来越多的人抛弃田地,进入机器轰鸣的工厂,成为产业流水线上的一员。而留下的,多是心不在焉的游手好闲者。

热火朝天的劳动场景不复再现,但那些气息还在。冬去春来,阳光照在白色冻土上,稻草垛上的冰霜正缓慢地融化。山谷里传来风的声响。雀鸟在枝上啼叫。四季轮回,年迈的祖父成了田地的看护人。没有人让他这么做,他是自愿前往。他忧心忡忡,像未来生活的凭吊者,看田野上空飞翔的雀鸟、游走的云、东倒西歪的稻草人。他走在灌木丛、楝树、枇杷树、红壤与田地的环绕中,呼吸着那种亘古不变的气息,越来越难以割舍的气息。

无论在什么境遇下,他真正想要接近的是那些高低不平的田畴,被露水、冰雹和暴雨所轮番轰炸过的山林沃野。暗红色松针铺就的杂树林,松鼠在上面欢快地跳跃着,跳过无主的墓碑、带刺的灌木丛,最终跃上枝头消失不见。

四

那个炎热中午发生的事来得如此突然。祖父像往常那样从外面劳作归来,农具还未放下,便一头栽倒在地上。到了深夜,断续的呜咽声从房间里传来,好像嘴里含着沙粒,他不停地喊着姆妈,声调凄楚,如临大敌。

在祖母的记忆中,那是祖父唯一一次呼唤自己死去多年的母亲——这是孩童遭遇险境时的本能反应。那一刻,祖父俨然成了世上最孤苦无依的老孩童,唯一的求助对象还是另一个世界里的亲人。从此之后,他的双脚像一截彻底枯萎的树枝,再也不能焕发生机。那些可称之为绝望的行动,却从未停止过。祖父预备像飞鸟或奔鹿瞬间跃起,以奔跑的姿势去激活那业已成僵硬状态的躯体,除了重重地摔倒在地,以额头擦伤和膝盖流血而告终,他根本没有别的出路。他呜呜地哭,像孩童那样席地而坐,赖在地上不愿爬起来。他并不死心,时刻等待变好的可能。他以为这是可能的。过去的时间里,他习惯身体移动的感觉。当年,他跑过大海和枪林弹雨,回到家乡的山野和竹林里。梦里,他的双腿完好,健步如飞,像飞鸟或游鱼,毫无受限感。

当从那样的梦中醒来,他怒气冲冲,捶胸顿足,恨不得将自己杀死在床榻上。当然,他不止一次地尝试过自杀,但毫无用处。除了与那张污迹斑斑的床榻建立更深的联系,他找不到别的联系。他的地点是床,时间是床,所有的事情都在床上进行。最终,床成了他的船,一艘不会移动的船,伤痕累累,搁浅在枯竭的河床上。

这是他最后,也是唯一的归宿。对于从青年时代起,便以奔跑或逃跑为志向的人而言,这真是绝妙而无情的讽刺。

那是一间阴冷的小屋,水泥地,窗户上嵌着铁栅栏,他常常将脑袋抵在上面,幻想着哪天有闪烁的阳光落在光秃秃的脑门上。年深日久,屋里逐渐散发出一股气味,家族中的女眷每次靠近那里都要捂着鼻子,迅速逃走。祖父躺在那里,嗯嗯啊啊,连来人的名字都想不起来。

好几次，他甚至忘记自己是谁，为什么躺在这里，那个整天伺候他的人又是谁。直到他的脸上传来一阵热辣辣的疼，才"哎哟哎哟"地叫起来。

"你为什么打我啊？"

"你干吗要打我啊，好疼呀。"

他带着哭腔质问那个矮小、枯瘦的老太太，同时以手掌击打床铺，为自己的遭遇鸣不平。"痛"让他意识到身体的存在，又像从前那样骂骂咧咧、哭哭啼啼，闹得满屋子鸡犬不宁。

有一天，母亲给病中的他送去红烧肉。他拉住她的衣角，压低嗓门，神秘兮兮地说："你去拿把斧头来。"

母亲不解，难道他还想自杀？

祖父兴奋地说："你还不知道吧，这地底下全是黄金。"

母亲忍住笑，转个身把这话讲给祖母听，婆媳俩咔咔笑上半天，惹得祖父躺在床上干着急，斧头怎么还没拿来？

祖母看在眼里，急在心里，恨不得再抽他个耳刮子，都快死的人了，还如此迷财。祖父不相信自己会死。在梦里，他曾获得高人指点。高人告诉他，你要种菜，你要植树，你要把荒林变成沃野。祖父准备接受高人指点，可他的身体还没离开床，就摔倒了。他摔得可真惨，膝盖出了血，额头上也有血。悲惨的命运和越来越糟糕的记性，让他忘记自己是个瘫子的事实。

这一次，他知道自己没办法了，唯一的希望是等我们搬新家时,也能将他一并搬过去。他不奢望住进爽净、明亮的房间里,如果可以,就将那间车库拨给他使用吧。即使与弃置不用的物品住在一起,他也心满意足了。

"你还能一步步,自己走到新房里去吗?"

"不行吧?那趁早死了这份心吧。"

——说什么都没用,祖母不会让瘫子住进那么好的房子里。即使是车库也不行。他们不可能将他抬进去,就像一群人将一艘船抬到枯竭的河流上,现实生活中绝不允许发生这样的事。

搬家的日子到了,祖父在家人搀扶下站到窗前,观望那辆运货车载着家具和人口,从那栅栏的缝隙里过去。司机嘴里叼着一支烟,将头探出车窗,对着路边玩耍的孩子喊着什么。渐渐地,司机的叫喊声、汽车的轰鸣声都远去了。那些人与物正朝着既定方向有条不紊地位移而去,只有祖父留下,被摁在这间阴森的宅屋底楼,取消了行动资格。

几天后,他对祖母说:"我要死了。你们快给我准备后事吧。"他总是担心死后的事,怕我们为了省钱乱弄一气,什么仪式也不给他办。

这一次,我们照例以为他说着玩,就像以前无数次哭闹着寻死觅活。

自从瘫在床上后,他每隔一段时间就发作一次,让自己从床上摔下来,四仰八叉、一动不动地躺在房子外面的空地上。至少,那样的时刻,他能看见天空,比镜子还要明亮的天空,云朵在上面跑来跑去,让他羡慕不已;还有风,吹来吹去、咋咋呼呼的风,当看到不能直视的太阳时,他立刻把眼睛闭上。

很多年后,祖母在阁楼上向我讲述祖父的第二次出走。五十岁那年,他让自己足足消失了三个月。三个月之后,他带着礼物回来了。那个鼓鼓囊囊的布袋子里装着夏天的汗衫,冬天的皮手套,百雀羚面霜、珍珠项链、蝴蝶发夹、娃哈哈口服液、绿色封皮、画着三潭印月图案的笔记本……还有很多让人眼花缭乱的小玩意儿,或许是从路上捡来的。

祖母试图从他口中探知那三个月里发生的一切,他到底去了哪里,那些礼物又是怎么来的?他总是说:"我不认识字,不知道自己到了哪里。"但他记得沿途的风景,记得渔网、帆船、棕榈树、天空、寺庙和防浪堤。由此,我们推测他去的是海边,一座毗邻大海的县城或乡镇,有百货商店和热闹的街市。

祖父一生一直做着某种程度的位移动作,或从海峡彼岸逃离,或坐进颠簸的车船里,从这个陆地到另一片海域,从这块田地到另一道沟渠。除了他自己,谁也不知道他到底去过哪里,遭遇了什么。

我试图从他人嘴里探知祖父下落。我在人口稀少的村庄里找到三个神情恍惚、与祖父年纪相仿的老者。

第一个说:"当年,你爷爷是被抓走的。"

第二个说:"他回来的时候,看见你奶奶还在家里等他,哭得稀里哗啦。"

最后一个笑嘻嘻地说:"就是这些啦。后来的事情大家都知道,不久,他们就生下了你父亲。"

祖父的一生,被这三个人用三句话概括完毕。

当年,搬家事件过后不久,某个夜里,我梦见祖父从床上一跃而起,化作一股大风在广袤无际的大地上奔跑。从此,他的灵魂开始脱离肉体羁绊,跑到比白云还要高、比大海还要远的地方。

至此,祖父漫长一生中的两次出走,成了永远的谜。

疾病回忆录

一

就是那种给娃娃打针的游戏，很多女童都玩过，虚拟的针筒、听诊器，五颜六色的药丸，瓶瓶罐罐……所有照顾生病娃娃的必备物品她都有。这也是她小时候除了过家家外唯一热衷的游戏。成为孩子的妈妈或打针的护士，去照顾比她还小的人，给她们一条暖烘烘的绒布毯子，去拥抱或抚摸她们的身体，让她们停止哭泣。

而她自己第一次生病是在哪年，早已记不清了。某天夜里，她从睡梦中醒来发现自己的身体正在变烫，越来越烫，好像炉子里的水翻滚沸腾，通过眼角不断漫溢出来。她感到奇怪，自己并没有哭啊，怎么会有那么多眼泪？她不仅流眼泪，还感到疼。头疼，嗓子疼，浑身上下都疼。她的爸爸妈妈都不在那个房间里，离她不远的床上躺着年迈的祖父母，他们睡着了，正以呼噜和梦话与另一个世界相连。她发现自己发烧了。这是她第一次发烧。她想从床上爬起来，最好是自己飘起来，就像泳者漂在水面上。她试图转头、踢腿、伸胳膊，但没有用，身体就像被牢牢地摁在床板上，动弹不了。

全身每个毛孔都缺水，她想到冰棍、冰汽水，想象那个卖冰棍的男人此刻正站在电线杆下，从装满棉絮、冒着冷气的木匣子里掏出白糖棒冰、绿豆棒冰、赤豆棒冰。所有能想到的冒冷气的东西在她脑海里轮番出现，它们相遇、碰撞，发出滋滋的声响，却无法让她的身体快速冷却下来。它越来越烫，热气延烧至喉咙口，把还没来得及喊出的话硬生生地吞噬掉了。

她的身体变得轻飘、晃悠，没有重量。嗅觉却异常灵敏，她闻到隐秘角落里的气味，尘灰密布的坛子罐子里散逸出的气味，鼠类排泄物的气味，箩子上人体头发的气味……她的鼻子告诉她这个世界正在下沉，屋梁倾斜，椽木移位，大船倾覆，她滚烫的身体向着另一世界快速滑落而去。

第二天清晨，当睁开眼睛，一切都变好了。太阳出来了，身体里的河水流速平缓，发出清脆哗啦的声响。热力抓住她，又放了她，悄无声息地溜走了。健康的日子回来了，她蹦跳着从床上爬起来，走到房子外面。上学路上，一切都那么新鲜，柠檬黄的光线在树枝上闪耀，湖上水波潋滟，天空流光溢彩。她变好了。没有人知道她当过一个夜里的病人，身体在云端飘过，意志在烈焰里烤炙过。

此后很多年里，她的体表温度都维持在正常刻度。别的症状会忽然袭击她，将她撂倒在床上，几天之内不能动弹，但不是发烧。她的身体变得恒温，任何时候都没有一点发热的迹象。当为了逃避什么事情不得不请假时,她永远不能像别人那样说,我发烧了,身体正在变烫。这样的谎言很容易被戳穿,用一根标准水银温度计就能做到。她总是羡慕那些能发烧的人,特别是当得知发烧是因为体内有两股势力在交战,呈如火如荼状态,心底的困惑更加强烈了,难道自己的身体内部永远相安无事?那个夜里的风暴又如何解释?

漫长的上学路上,手持弹弓的白脸少年躲在矮墙后面,反复瞄准她与她的同龄人,就像复仇者做着长久的、确保万无一失的准备。少年始终没有将弹弓里的石子射出,他只是瞄准,反复地瞄准,恶狠狠地瞄准。

后来,她才知道少年因病辍学在家。黄疸肝炎,他的眼睛和皮肤会变得像路灯那样黄,像橘子皮那样黄,而身体会越来越没力气。谁都知道那是一种传染病,传播途径有食物、唾液、血液以及亲密接触。在健康者眼里,少年的眼神及举止让人望而却步。而他的家人,忽然变得行踪可疑。他的祖母偷偷跑去寺庙里烧香,他的母亲趁夜色遮掩将黑乎乎的药渣倾倒在路旁,他的父亲则低垂着头从人群中快速走过。而他自己呢,干脆拿起那架用老柳木做的、绑着黑色胶皮的弹弓,开始瞄准人,瞄准他们的书包、红领巾和水壶,要不就是他们飞奔时带出的空气。

每当她战战兢兢地路过那堵矮墙,与墙头的瞄准器相撞,便一路狂奔,心脏好像要从胸腔中蹦跳而出。她对一具患病的身体之惧怕如此强烈,几乎丧失了基本理性,匪夷所思。

大概是那苍白的脸、橘子皮一样的瞳孔所代表的肉身,与绑着黑色胶皮的弹弓构成一种巨大反差。好像肉身越是孱弱的人，越具有破坏力，越容易制造暴力场景。随着时间流逝，少年病中的日子在窥探和瞄准中一点点消散，最终孤立无援，溃不成军。

那时候，她并不明白隔绝对少年来说意味着什么。学习的队伍中没有他，玩耍和游戏的人群中也不会有他，他只有中药、矮墙和手中的弹弓，只能一日日地观望、等待、咒骂。直到有一天，她也成为那样的人，对着旋涡形的飞镖盘通宵达旦地扔掷，把墙体和镖盘戳得伤痕累累，把所有病中的日子戳得遍体鳞伤、不忍卒视。

二

病人们住在白色病房里，穿着蓝白条纹的病号服，有医生们嘘寒问暖和护士们精心看护。那是一些名正言顺的病人，疾病对他们来说是示弱的资本，而不是羞于谈论的话题。她和生黄疸病的少年不在此列。少年的领地是那堵快要倒塌的矮墙，手中的弹弓是他与世界唯一的沟通武器。而她的领地是一间出租房，上一名租户留下的飞镖盘和十一枚梭镖成为她锻炼与消遣的工具。每天黄昏时分，她都要去医生的诊所里打上一针。她路过面包房、超市、快要倒闭的租书店，她会在租书店里驻留片刻，花上十块钱押金借回一大堆书，从扉页翻到最后一页，一个字都不放过。不同阅读者留下的痕迹让她感到自己的命运也被囊括其中。无聊时，她也会倚床想象下一个借阅者的模样，是不是与她处于同样的处境，或干脆就没有下一个,她是这批书籍的最后一名读者;从此之后,再没有任何人会去翻阅它们。

除了飞镖盘、书籍,房间里还有一扇锈迹斑斑的小窗。窗户对着一条笔直的小路,通往烈士陵园。带着荣耀死去的人安静地躺在那里,松树和柏树环绕左右,还有江南雨季特有的连绵细雨共同构成庄严肃穆的气氛,好像令人生畏的死亡还在进行之中,并不断进行下去。

陵园入口处有一个大广场,小贩们在此来来往往,兜售各种稀奇古怪的东西,被日常生活所淘汰的东西。她津津有味地看着那些东西,猜测它们曾经的用处。

某个雨天,商贩们忽然消失了踪影,唯有算命摊子和卖旧书的摊子仍驻扎在那里,好像在执行生活交给它们的隐秘任务。她从书摊上淘到一本封面泛黄的医学书, 如电线般密集排布的血管、肌腱、神经丛,比世上最错综复杂的小路还要难以辨认。人体心脏、胃囊、左右肺叶、蚕豆般的双肾就像是五颜六色的塑料制品,看起来毫无生机。她仍然搞不清楚自身疾病的源起,医生的说法模棱两可,让她困惑。她的身体再无发烧症状。那股神秘的力量始终没有来袭。她等待着再经历一次那种感觉,或许一切都会迎刃而解。但什么也没有发生,没有眩晕、呕吐,没有死去活来的疼痛,甚至没有任何可称得上是"症状"的表现。好像致病因子只是潜伏在那里,准备着,伺机发作。也有可能永远不会发作。医生的原话是"问题肯定有的,但还在发展演变中",现阶段,她能做的只有等待,等待疾病显山露水,露出狰狞面目,或者就此被扼杀在萌芽状态也未可知。

烈士陵园所对的出租房既是临时病房,也是庇护所。每天黄昏时分,她从出租房出发前往诊所,沿途看到电线杆、广告牌、店铺橱窗、玻璃外墙,直到看见诊所门口的红色十字,好似看到一种微茫的希望。她真希望自己一直待在里面,以此获取一种合法身份。她想成为一名货真价实的病人,住在一间苍白、肮脏的病室里,接受输液、喂药、测量体温,接受护士的问询、亲友的探望,而不是像个无业游民那样在城市的街巷里游荡,无处可去。

她经常光顾的只有那座林木森然的烈士陵园, 无聊时反复查看大理石碑身上的姓名,并通过生卒年月来计算他们在世的光阴。那大多是一些短促的生命,生年与卒年之间只隔着一层薄纸。有些甚至连生年也不详,只留下问号和茫然不知。她双脚踩在松与柏的落叶上,好像踩在支离破碎的时间里,脑子里一片茫然。无从想象这些从未见过面的人拥有怎样仓促的一生, 除了石碑上注定会被遗忘的名字,什么也没留下。唯一值得庆幸的是他们在身强力壮之时便迎来了生命的毁灭,根本不知衰老和病痛为何物。在墓园里行走时,她经常遇见东张西望的闲逛者,他们或许是路过此地,因好奇而闯入,当看到松柏掩映下的墓碑又慌乱地退出。只有她自在地漫步其中, 视死者为遥远而未曾谋面的朋友, 或彼此命运的见证者。她出入自由,无须接受任何盘问,宛如在城市的公园里行走。看门人躲在一扇肮脏的玻璃窗后面打盹儿, 在他身边放着一只打开的棕色酒瓶子,一天到晚从未有清醒的时刻。

在陵园寂静、湿滑的台阶上，她的脑海忽然浮现矮墙后面的白脸。时隔多年，她才感到病中少年的脸上不是写着顽劣和挑衅，而是彻头彻尾的恐惧。少年的恐惧通过手里的弹弓传达出来，弹弓是他的语言，就像诗歌是诗人的语言。没有人读懂弹弓所代表的语言，那是绝望者的语言。作为一名传染病患者，一个可能给人群带来致命危险的人，他的表达充满少年人的天真、决绝，与不合时宜。

那段日子里，她逐字逐句地研读纸张发脆、字迹泛黄的医学书，想着身体里埋藏的引爆器——那看不见的疾病，正一日日使她陷入慌乱与郁郁寡欢之中。扔掷飞镖的技艺越来越娴熟，正中靶心的几率也逐日递增。身体里的疾病仍处于沉睡状态。她既畏惧那一天的到来，又为这无限延长的病期而焦灼不堪。她渴望解脱，就像少年渴望奔跑在上学途中。

墓园、出租房和诊所之间的路，她独自走了好几个月。其间，有人来出租房探望她，她因走在去往墓园或诊所的路上而错过。他们留下纸条、苹果、书籍，还有电话号码，但她没有拨打过其中任何一个数字。她对错过表示庆幸，无须在锈迹斑斑的窗户前接待好奇的访客。她无法解释自己的行为，离群索居，让自己在墓园和诊所之间游荡——所有这些，都将成为她羞耻感的来源。此后很多年里，她固执地想要把它们从记忆的板壁里删除，宁愿那是一段强烈的空白，无所事事，最终被遗忘。

三

　　许多年后,因某种机缘,她接触到一些支离破碎的身体。那些身体的存在让她痛苦、慌乱,感同身受。在她实习的康复科病区,来了一个叫慧慧的女病人,十八岁,颅脑挫裂伤。由外科病房治疗大半年后转入。纺织女工,长发被卷进旋转的机器里,血流如注。抢救过来后,女孩的眼睛和嘴角歪斜,面部肌肉抽紧,双腿站立不稳,话也说不利索。女孩的母亲常年陪伴左右,女孩的父亲很少露面。有男女治疗师轮流给她做功能训练。女孩喜欢那个笑眯眯的男治疗师,对同样笑眯眯的女治疗师却视而不见。男治疗师不上班的日子,女孩会冲着她的母亲皱眉、跺脚,发出"啊啊啊"的声音。歪斜的嘴角淌出一长串口水。见到的人都说可怜,破损的身体再也无法卖萌、撒娇,却依然记得自己是个女性的事实;恋慕异性的本能,喜欢唱歌的天性,还存储在女孩残损的身体里。

　　实习期结束前,她和同学凑钱给女孩买了一台收音机。听着收音机里的人唱歌、跳舞,发出欢乐的声响,女孩无法控制地大笑。笑声很是吓人。

　　医院里,还有更多摇摇晃晃的身体,功能受损的身体,毫无意识的身体,拜意外所赐的身体,他们躺在白色病床上,或许要在那里躺上一辈子。医护人员只是将此视为工作对象和永远无法彻底康复的病例,早已司空见惯了。

　　这些身体的遭遇让人揪心,让她想起那枚埋藏已久的"引爆器"。很多年里，她以为自己已经忘却了。那次，她主动放弃治疗，置医生的规劝于不顾。她想最好是忘却，不能被一场还未到来的疾病折磨。当宿醉或一夜狂欢后，某个身体器官的微妙反应让她警觉，医生的话言犹在耳，以为疾病正找上门来，尽管最后被证明只是一场虚惊。

某年春天即将来临时，一个消息从天而降，她的朋友得了肺结核。这种只在小说里出现的疾病居然卷土重来，袭击了身边的人。她无法质疑这个消息的真实性，谁也不会无聊到给自己虚构一场莫须有的疾病，况且还是让人退避三舍的肺结核。它让她想起更古老也更可怕的属于中世纪的病菌——鼠疫、天花和霍乱，但这些或灭绝或得到控制的疾病早已成为历史。在此之前，她以为肺结核也属于此类。低烧、咳血、颧部潮红等症状之所以耳熟能详，不是来自医学知识的广泛传播，而是文学作品的渲染。很多文学家死于此病，小说里的人物也有因感染此疫而丧命的。结核分枝杆菌从何处来，怎样在她朋友的身体里潜伏下来，安家落户，并一点点吞噬肺脏和其他身体器官，她一无所知。如今，它早已不是致命绝症，但疗程漫长而复杂，不容许丝毫懈怠。处于煎熬中的患病者又无法将此告知身边亲友，那无异于一场地震。人们可以接受普通疾病、重症疾病，甚至绝症，但对于传染病，尤其是通过呼吸道传播的肺结核，他们只会避而远之。她明白朋友之所以坦然相告，完全是因为两人并不需要共用同一片空气。

疾病给人群划分了界限，这丝毫不比阶层、种族、肤色带来的界限更容易逾越。在脑海里想象病人与健康者，就像对阳光与阴影的想象。疾病天生地与负面、阴暗、羞耻、角落等事物联系在一起，世人的偏见和歧视更是将此推至无以复加的地步。因此，带菌或患病的人成了特定空间里的人，他们被隔绝或自我隔绝。那些空间叫病室、岛屿、船、旅店，或隔离点。世界正被划分为一个个隔离点，因为疾病，因为某种过于喧嚣的孤独。

那一年多时间里，她患病的朋友不仅让自己在微信朋友圈中消失，还在人群出入的场所里隐匿。一个人可以与他人分享美食、旅行、购物及生活中的各种小确幸，但疾病不在此列。她等待朋友以健康者的身份归来，就像远航的人离开大海，回到人群之中。而所有患病期间发生的事被人们小心翼翼地装进漂流瓶，扔进大海，直到有一天被相同境遇者从遥远的海滩打捞上来，被泥沙和海水所包裹的往事由欢闹变得沉静，并逐渐冷却下来，如果还有微光闪烁，那只能来自对往昔病痛的回忆与确认。

四

某个春天的黄昏，她走进住处附近的一家拳馆。昏暗的灯光下，有一男一女正在练习推手。两人相对而立，沟通有无，音乐宛如林间晨雾在身体与身体之间缓慢升起。她伫立角落，观看良久，入迷。身体的弧形运动，圆活舒松，粘连伴随，比舞者的动作更为缓慢、柔和、轻灵，好像出自同一身体的往来相随。被他人肢体的运动所感染，内心深处涌现无法言说的欢喜、震撼和愧疚。好几天过去，脑海里仍浮现出那对练习者的身影，一招一式的动作不再是简单的肢体活动，而是身体与身体之间的起承转合，如有光芒照临。

被意识关照的身体回来了，被一根无形的绳索拉回来，种子破土而出，光芒照进暗旧的匣子里，万物被照亮。那种感觉如此新奇，好似黑暗中行走的人，走到一面镜子前，慢慢看清自己和周围人的脸。她逐渐感到身体的存在，就像植物感知饱蘸雨水的根须、蓬勃生长的枝叶以及与土壤的粘连关系。当进入风和雨水中，那种感觉变得尤为强烈。她成了拥有身体的人，有一具敏锐的、处于万物包围之中的身体，她伸出胳膊，伸展四肢，抬起头颅，深呼吸，做下蹲动作，如此循环往复，腹部温热绵软的气息源源不断地释放出来。

太极拳爱好者对身体的态度，让她忽然领悟到什么。身体不单单是食物、胆汁与空气的容纳器，还负责交换、吞吐和净化。它既制造麻木和瘫痪，也生产疾病、眼泪和欢笑。而疾病是永久的谜。人们从遗传基因、病毒感染、饮食作息中孜孜以求，找寻线索，但始终存在难以被阐释的病例。

她朋友的肺结核便是其中之一。用当事者的话说，整个患病过程好比一场梦魇。恋爱受挫的同时疾病降临，宛如当头棒喝。她果断地为这场无望的爱恋画上休止符，转而为疾病奔走。疾病替她作出选择，从前以为绝难办到之事，当意外发生时，所有的抉择和当机立断都是出乎本能的行为。药物和配合治疗成了唯一重要之事。除此之外，她开始了十字绣和编织生涯。在丝线的纵横交错中，她感受到日子由平淡织就的美。她花大量时间烹饪简单的食物,并在一种安宁平和的环境中进食,而不是像从前那样狼吞虎咽、慌不择路。她的时间变得缓慢、冗长,得以听见饥饿时肠壁加速蠕动的声响、心脏怦怦的跳动声,以及血管里的奔流声。她敏感地意识到自己的身体宛如大地之上的丘陵和山壑,无时无刻不在发出动静,发出存在的信号。

一场疾病解放了被情欲所困的身体。溪流落回峡谷,朋友的生活也落到平静而隐蔽的低处。没有爱恨情仇,没有怨怼、执迷。浮花浪蕊褪尽,除了身体,别无他物。对生命来说,爱情也不过是附丽,是华丽的花朵和飘逸的香气。

很多时候,她不知道自己身体里正在发生的事,迟钝的肉体无法感知它,只好本能地忽视它。一旦被仪器检测出,通常也到了它的暴动期。肉体消瘦、暗淡无光,生命之光随时可能熄灭。她曾在临终之人的床榻前短暂站立过,向其表示过无法表达的哀伤与同情,想象躺在床上的人正是自己,被疾病折磨的肉身所发出的绝望呼喊让她感同身受。

一个人有过的最好时光无非是,身边亲友身强体壮,光芒四射。一旦身体开始倦怠、疼痛、患病,便是下坡路的开始。总是病来如山倒,那么强壮、威猛的一个人,瞬间黑了脸,脱了形,惨不忍睹。她终于明白身体上的事才是普通人可能面临的最大困境,没有什么比生命的消失更让人绝望。那意味着彻底的无。

而在此之前,她总被精神上的颓丧和荒芜拖入无尽的深渊之中。

五

　　她一直想身体到底是什么,仅仅是肌肉、血管和脏器的连接体吗?那身体与生命之间又存在怎样的关系?这种关系的缔造,其核心又是什么?她想不清楚。时间可以将活蹦乱跳的人瞬间带走,也能够将垂垂老矣者继续留在人世。一切不过是随机。谁也不知道正确的做法是什么。她的亲人中,有人早早离开人世,无论怎样不舍或不甘,都逃不过那一天。她无法想象自己也有离开的一天,时间忽然中断,身体坠入没有尽头的深渊或悬崖之中。

　　她无法想象自己会失去身体。失去眼睛、鼻子、双手、行走的脚、负责记忆的大脑和跳动的心脏。无法动弹和呼吸。问题就在这里,所有活着的人都无法想象那一天的到来。他们对死有一种本能的回避,那是身体的尽头,更是个人时间的终点。

　　她近距离地观察过一具尸体,头巾滑落的刹那,死者的上颌骨已然发黑,黑斑正向着身体其他部位蔓延而去。像云翳,像黑夜,像深度腐烂的苹果。惨不忍睹。那具尸体属于她的亲人,也是亲人留在她记忆中的最后模样。多年来,她想忘掉那个模样,忘掉苍白的唇、僵硬发黑的指甲,但记忆从来没有放过她。

　　有时候,她会在心里发出惨叫,她和那些提前离开的人才是真真切切、不可更改的一家人!现在,她不得不和另外的人生活在一起,一起聊天、吃饭,发出欢乐的笑声,好似世界完好无损,什么事都没有发生。她不会把死去的身体介绍给这些人，更不会诉说与死人有关的影影绰绰的往事。但在文字里，她更加频繁地提及他们，从来没有忘记过他们。

她照料过病中母亲的身体，它岌岌可危，呈破碎状态。被切除的子宫，拉伤的韧带，断裂的骨头，磨损的半月板。母亲年轻的时候从来没有住过医院，连生孩子都在家中进行。医院就像一条传输带，形形色色的人在里面进进出出，还好她的母亲由医院被传送到家中，并快速恢复了健康。她的父亲就没有那么幸运。干脆，他连进医院的资格都没有。检查结果出来后，医生直接告知家人，给他准备一点止痛片吧，不要再浪费钱了。言谈中毫无挽回的余地。家人只好把他弄回去，让他躺在那张硬木板床上。他自己拿着CT片对着飘散的阳光照啊照，试图从中发现破绽，以实现自我拯救之目的。很快，他连拿CT片的力气都丧失了，死神在一个月后找上门，将他直接迎到那个世界里去。

她常常以父亲的临终之眼打量这个世界，打量身边的人。她后来认识的人与死去的亲人从未照过面，自然毫无关系。可她相信，他们之间存在着某种不为人知的联系。这个纽带就是自己。一个人的成长取决于往事与现实之间所开辟的道路。她的身体里充斥着对逝去之人的回忆，因回忆而致的"变形"常常到了惊心动魄的地步。

这么多年，尽管她在不同场合里讲述了很多故事，其源头只有一个。它们来自她的父亲，来自父亲的疾病和死亡，而不是他的欢声笑语。生前,他是生性乐观的男人,喜欢看闲书,喜欢把书中趣事讲给身边的人听。他的听众中最多的是孩童。他们的天真感染了他,让他找到自己的讲述方式。即使在病中,他也没有忘记自己的使命。

后来,她发现自己讲述往事时明显遗传了病中父亲的语气,好像只有如此,她才能尽最大努力复原记忆中的场景,接近她以为的真实。

劳动者不知所终

一

秋风轻轻摇晃着坡地上的柿子树，那些高高在上的柿果似乎感到了危险。摘柿子的人马上就要来了。三十八岁的父亲也将加入这支浩大的队伍，他刚长了智齿，半边脸都是肿的，就像虚假的胖子。

屋子里，母亲嘀咕着，说搞不明白为什么大人还要长牙齿，这牙齿有什么用呢，还那么痛。连一向沉默不语的祖母也发出压抑许久的哼哼声，像是对母亲质疑的回应。我更弄不明白长牙齿怎么会疼，拔牙的时候才疼啊。

尽管牙疼了一夜，出门前，父亲还是穿上他的白色假领子，藏蓝色卡其布上衣，灰色的确良裤子，如果不看他脚上的鞋，还以为他要去赶集或者修族谱呢。

"你也拎只篮子跟着吧。"母亲像是放心不下，派我做她的使者。之前，每有她不能及的地方都让我跟去。

柿子树很高，它的果实挂在离我们很远的地方，常被比喻为红灯笼什么的。在我看来，它可不是什么灯笼，它就是柿子。可以吃的柿子。柿子是甜的，制成柿饼后更甜。这些甜美的东西总让我感到慌乱，如果想得到它们——谁不想得到它们呢——那就会成为一名小偷。当我拎着篮子跟在父亲身后时，就准备好当一名小偷了。

山坡上，柿子树远远地等在那里。那些熟透了的果子已提前坠落在树下草丛里，正好供虫蚁们享用。它们总是等待着，等待着，便等到了一切。

采摘者站在坡地上，吸着烟，一副悠闲自得又心事重重的样子。许多人陆续赶来，扛着梯子，担着箩筐，孩童们则跟随左右，彼此躲藏着，不说话。

我知道他们在想什么，想要什么。

终于，我瘦弱的父亲也龇牙咧嘴地爬到树杈上。我简直不敢抬头看他，更不敢看那些柿子。我看着对面的水渠、寺庙和远山，我看到秋天的世界里万物支离破碎的样子。树叶掉了，田地荒了，草丛随之矮伏下去，飞鸟的身影显得孤单。

在这样的世界，什么都看得见，什么都藏不住。

父亲将挂在枝上的柿子，小心翼翼取下，放进箩筐里。有几枚塞进我的篮子里。其实，那些柿子并不属于我们。它们不属于任何一个人。那些树上长的柿子，甚至不属于树。我不知道它们最终被谁吃掉。有时候，我只想看看它们。当冬天到了，下雪了，如果一间屋子里堆放着柿子,一些被冻出柿霜的柿饼,连空气也变得澄澈和甜美。

父亲挑了几枚最好的给我。它们柔软、光洁,充满芳香。我很怕回去的路上被他们发现,哪怕覆上青草,他们还是会发现的。几乎所有柿子都被摘下了,除了树梢上少数的几枚,它们实在太高,好似要触到天际。

回去了。我拎着篮子,父亲担着箩筐,我们像陌生人那样往不同的方向走去。我是来割草的,篮子里堆着草,我给人看篮子,看割的草,可他们看不到柿子。

我不给他们看我的柿子。

从山坡到家是一段漫长的路,到处都是人。随时会有人出来挡住我。远远地,我看见一个人站在水渠边,他好像是在等我走近,以盘查我的行踪,检查我的篮子。我挪动步子,迟疑地往那里靠近,待走进,看见的是一棵树,是树影挡住我的去路。

回到家,父亲已在灯下等我。他的箩筐清空了,他交出柿子,拿到钱,这一天的工作就算结束了。他蹙着眉,半张脸还肿胀着,直愣愣地看着我。全家人都在看着我,看着我手中的篮子,等着我变戏法似的把那些柿子掏出来,一一放到桌面上。

好像,这是他们这一天来最为期待的时刻。

我哆嗦着,有种不好的预感,似乎那些看不见的柿子,藏匿在青草底下的柿子,在回家的路上已经逃出我的篮子,不翼而飞了。

二

　　父亲没有钱买有领子的白衬衣，但他拥有许多假领子。每次出门总要戴上它，把洁白的领子翻出来，显得干净、利落，像个国家工作人员。

　　他给我舅舅办事时戴着假领子，去外村修族谱时戴着假领子，下雪天出门打牌也戴着假领子。那雪白的领子衬得他的脸格外英俊，成了村里最与众不同的男人。有一段时间，父亲热衷牌戏，因此引发家庭矛盾，有一次深夜归来将家里的木门踢破，还有一次，与母亲起口角，不吃晚饭就甩门出去了。

　　不过，这些事情，很快都获得我们的原谅。母亲不仅不反对他打牌，一旦他打牌错过吃饭时间，就焦虑得不行，非要我七请八请，请他回来先吃了饭，再打不迟。可我一站到那牌桌前，除了干杵着，什么话也说不出。父亲叫我先回去，我走掉不是，站着又怕遭嫌弃，对请迷上牌戏的人回家吃饭实在厌倦透了。

　　在村子里，父亲有个绰号：囡囡。一个成年男性拥有这样的绰号实在匪夷所思。大概因为他是独子，祖母除了他之外再无别的生养，于是，在兄弟姐妹一大堆的村人眼里，他就显得孤单、缺少庇护，因此受到额外的关注。

　　他在外面那么受欢迎，谁都说他好话，可在家里总是那么不靠谱。自迷上武侠小说后，他上茅厕的时间格外长。家人说什么，他不是听不见，就是转眼忘了。母亲只默默地干活，任他出去玩牌，只要

草白散文集　　　　　　　　　　　　　　　　　　　　115

不被抓,派出所的人不让我们交罚款赎人,就谢天谢地了。

每次打牌回来,赢钱自然皆大欢喜,就算输了钱,他也不说输,只说赢得不多,一脸无所谓的样子。总之,在他那里,打牌没有不赢的。要是被揭穿了,他也是一副恍然大悟的样子,好像自己根本不知道有这回事。

村里有男人输了牌,回家将老婆纺织的棕榈线,点火烧着了。至于因输了钱受不了女人唠叨而大打出手的,大有人在。最严重的一次,父亲他们在打牌时,有个牌友的老婆喝农药死了。

母亲终于说:你不能再打下去了。

父亲在床上睡了三天三夜,那是他去厂里上班前最为冗长的睡梦。此后开启昼夜颠倒的人生。人们早起出门时撞见他骑着自行车从外面回来,天黑了,该上床睡觉了,他又赶着去上班。那个工厂有什么好呢,除了每个月可以领到固定的工资,到了生日那天,还发一只奶油蛋糕。

父亲一天天地走在上班路上,轮到换班日还要连续工作二十四个小时,他的脸变黑了,厂服脏兮兮的,眼睛里布满血丝,看人时也没从前那么兴致勃勃了。隔壁女人生了小孩,婴孩的哭声吵得他睡不好,要开着电视机才能入睡。可他仍没有逃过一天班。

连母亲也说:"你父亲变勤快了。"

母亲说这话时,面露忧郁之色。从前的父亲多么懒散啊,从前的父亲还会给我们讲笑话,讲报纸上看来的新旧见闻。我记得最牢的是,他告诉我很多年后,这天上会有一枚人造月亮,"到那时候,就算晚上,你也可以在屋檐下写作业了"。

父亲的工资卡一直存放在母亲那,母亲问他需要什么,尽管提。他却什么也不提。自从不再打牌后,他好像真的不需要钱了,什么都不需要了。可他总是睡不够。从前,他可以连续睡上一天一夜,如遇雨雪天气,更是数天不必出门,昏昏沉沉,享受人生。

那年夏天,降雨迟迟未至,大地干涸。人间天上燥热不堪。父亲的工厂因限电放假。他躺在床上,在电风扇送来的热风中,辗转难眠。彼时,村里有男人从城市的脚手架上摔下来,死了。赔了一笔钱。丧礼过后,他的妻子来到我们家,绘声绘色讲述镇上纺织厂里一名女工的长发被卷入机器里,场面实在太吓人,很多人当场晕死过去。反正她不打算去任何工厂上班了。年轻女人的脸充满滋润,丝毫没有被丈夫死亡的阴影所笼罩。关于年轻女人的谣言可能是真的。她爱上了丈夫之外的男人,便假装腹疼差遣丈夫去诊所买药,自己却跑到相好家里帮忙做家务。她的丈夫买了药回来,发现家中无人,之前的怀疑被印证了。

现在,女人做建筑工的丈夫竟摔死在异乡。

母亲对父亲的工作忽然感到不安,好像那里面隐藏的危险正一点点向我们走来。之前,村里的窑工患肺癌死了,死前咳出的痰像瓦窑洞里充溢的火光。还有壮年男子被采石场的石头砸中。莫名其妙的死亡事件频繁发生。

就在全家哀伤忧愁之际,舅舅托人传话叫父亲去外省办事。母亲很高兴,以为这是个机会,让他好好表现,说不定以后可以去舅舅厂里搞采购。热天里，父亲依然戴上假领子，穿上黑皮鞋，高高兴兴地出门了。不久，父亲垂头丧气地回来，事情没办成，还遇上骗子。他脱下假领子、黑皮鞋，再次回到热如蒸笼的车间里。

那次出门，他给我买了条银项链，来自寺院门口的小贩。很多年后，我也去了那座寺院，当站到那堵黄色山墙前，不禁悲从中来，曾游览过此地的人再也无法亲临现场了。

三

去工厂之前，父亲贩卖过水果。他像个真正的小贩那样从别处运来廉价的水果，准备拉到集市上赚个盆满钵溢。出发之前，他信心满满，认为所有的买卖不过是一手交钱一手交货那么简单。再说，那些来自异域的水果都是本地的土壤所不能生长的，人们只需看上一眼，就会生出无穷的购买欲。

父亲甚至夸下海口，等这次买卖成功了，他要给自己买一辆三轮摩托车，给母亲买一条金项链，带奶奶去普陀山烧香，给我和妹妹买娃哈哈口服液——当广告上那个小女孩说"妈妈，我要喝"时，我和父亲都在电视机前面看着。

我对父亲的话半信半疑。

娃哈哈口服液我没有喝过。电视上出现的很多东西我都没有见过。每当我看得入了神，父亲就在边上哈哈大笑。他的笑声中既有故作的镇定，也含着某种不便说出口的允诺。

水果贩来后,他马上后悔了。

许多年后,人们还嬉笑着向母亲复述当年父亲在集市上,在自己的水果摊前,满脸尴尬,低头乱翻书的场景。谁会在做买卖的时候还看书?他根本就不会叫卖,一到人多的地方,就成了哑巴,什么话也讲不出,如遇熟人购买,恨不得倾囊相赠。

父亲卖的是苹果。街市上有很多卖苹果的女人,她们是天生的卖家,很会和顾客拉关系,而父亲沉默得像杆秤上的砣子。他觉得丢脸,和一大堆女人争抢生意,而那些女人还对他那么客气。不知父亲的苹果是怎么卖掉的,或许大都是烂掉的。那段时间,我经常在家吃烂苹果,吃到嘴里都散发出腐烂苹果的气味了。

有一天,放学回家发现父亲在房间里睡着了,大白天的,他居然丢下货摊安心睡觉。那条暗红色的毛毯一直拉到下巴底下,他像个婴儿似的蜷缩着,显得疲倦而满足。

不用说,金项链、摩托车、普陀山都化为一阵青烟飘走了,只有娃哈哈口服液从电视机上走下来,一盒里面装有十瓶,我和妹妹每人五瓶。

父亲问我娃哈哈口服液什么味道。

我想了半天,也没想出那到底是一种什么味道,既不难喝,却也谈不上什么美味。

四

　　在家里,父亲是不重要的。借债还钱是母亲的事,造房起屋是母亲在张罗,家中一应大小事情都是母亲拿主意。

　　尤其是当水果贩子失败后,父亲对自己的能力有了近乎消极的估量。后来,当母亲实在走投无路,父亲才把自己贡献出去,他的姿态是无奈的,也是决绝的。从此,他成了一名昼伏夜出的人,是蝙蝠或猫头鹰。那个生产橡胶制品的车间,一天二十四小时,机器轰鸣,空气里有一股模糊难闻的气味,是大热天里马路上奔跑的汽车轮胎散溢出来的气味。父亲成了一架勤勉的、作息规律的机器,为了保持这架机器良好的运作状态,他必须睡觉,可总是睡不够,眼睛布满血丝,身体里全是孔洞,走起路来摇摇晃晃。

　　父亲成了一名工人,这是个尴尬的身份,既是对原有身份和习性的背叛,更是对固有劳动方式的颠覆。他的劳动不再受季节气候的影响,不分昼夜,时刻处于劳动中,或者随时准备投入其中。生活节奏被彻底打乱,眼睛里密布的红血丝再也没有消散过。他开始睁着一对红眼睛看人,用沙哑的嗓音与人说话,或者不再说话。

　　有一次,我由于吃饭时坐姿不雅,被他狠狠地训斥了一顿,训得我直想哭。以前,他从不这样。这一切,全是因为他的生活变了个样,不用去山坡上砍柴,不用去田间耕地,不必去沟渠里弄水。他平生第一次拥有工作服,那件蓝的、散发出橡胶气味的制服,受到汗水和黑夜的滋养,充满诡异之气。虽然不必在太阳底下劳动,车间里却有无数个太阳在炙烤,炎夏闷如蒸笼,劳作之人如屉笼上的包子。

父亲的力气开始像干涸大地上的水,一点点被蒸发殆尽。后来,他只是凭着惯性,按照作息表机械地切换,不迟到不请假。

那个轮班日,他终于拥有完整的二十四个小时的休息时间,却不准备躺在床上睡觉。他要上山,不是去田地上劳作,而是去打野栗子。从前,那些无主的栗子树即使长在深阔茂密的林子里,总能被人找到,而这几年,它们开始无人问津。那天,父亲忽然想到它们,或许他只是想起了从前的劳动,那种在野地里进行的、自由忙乱、带着惊险与刺激、不是事先被安排好的劳作方式。

栗子树长得高,栗子果干脆躲藏在一团绿刺里,想要得到它们并不容易。可那天父亲收获颇丰,装了整整一麻袋,拿到市场上去卖,赚了很多钱,好像那些钱最是喷香可爱,是他最愿意赚到的——此事一度成为他谈论并炫耀的话题。

五

在我还小的时候,那些真正的劳动者——他们是走村串户的货郎,炸爆米花的外省男人,弹棉花的驼背,以及做衣服的,收长头发的,阉猪的——过着动荡或半动荡的生活,在大地上奔走,以不同的方式养活自己及家人,艰辛却充满尊严。

那些人出现的日子,天是蓝的,流水澄澈,夏日赤焰燃烧,冬天经常下雪。如今,这些古老的职业彻底消失了,曾经的劳动者被塞进黑乎乎、机械轰鸣的车间里,成为连自己都感到陌生的物种。当父亲穿着蓝制服走进那个地方,又从那里出来,也成了一个彻底的陌生人。他不仅成为自己的陌生人,他沉默寡言的形象也让我们感到生疏。

他是谁?从哪里来?他与那些奔跑的轮胎之间存在什么关系?他制造了它们,然后再由它们来改变这个世界的速度。

那些夜里,窗外公路上的汽车声变得繁密而紧张,常有刺耳的喇叭声将我从梦中惊醒。

那样的时刻,父亲通常不在房间里,他成了古老屋宅的缺席者;这个缺席者出现在灯火通明的车间里。由此,父亲拥有了另一种身份。为了与那个身份合拍,他变得勤勉而专注,一反之前的懒散与漫不经心。

他从不迟到,总是在被闹钟叫醒之前醒来。他需要的不是闹钟,而是一面镜子。事实上,自进入车间后,这面镜子就被他握在手里。镜子的存在时刻提醒着他,不能出错、不能懈怠,甚至不允许拥有计划之外的睡眠。

父亲从来没有赚过那么多钱,它们以数字的形式存在于一张长方形的卡片上,看不见,摸不着,不像从前替公家摘柿子一手交货,一手收钱。

由于不再打牌,父亲对钱毫无兴趣,他的工资卡干脆交与母亲保管,任其使用;他只有在领回那只生日蛋糕时,才流露出类似欢欣的表情。每年的生日蛋糕都是被邻居的孩童们一起分食掉的。或许,奶油蛋糕是个安慰,支撑着父亲一次次走进那个车间里。当然,这只是我一厢情愿的猜测。

小时候,父亲给我做过风筝,因为骨杆太厚飞不起来。父亲瘦削的身体自穿上那件长有四个口袋的蓝色制服后,被它紧紧裹挟着,再也飞不起来了。

彼时,我们家开始养狗。当父亲下了夜班回来,这只狗早早等在桥边,望着父亲的自行车靠近,摇摇尾巴,将父亲迎回家。

这只来历不明的流浪狗,好似来自远古的亲人,在我们家进进出出,与父亲建立起隐秘而牢固的关系。每当他们静坐门口沉默不语,却向着同一个方向眺望时,好像那狗与主人同样拥有一颗敏感而孤独的心。

六

这些年,像父亲这样过着非人生活的劳动者,实在太多了。有些人熬下来,面黑肌瘦;而父亲病了,最终被淘汰出局。从此,一个劳动者不仅被取消劳动的权利,还无法成为若干年后奥运会体育节目的观众、新房的主人、婚礼的证婚人,以及送葬队伍中的一员。

这种劈面而来的结局是父亲所无法预料的,像是另一种被虚构的命运,是镜中之人的变异与分身。后来,这个躺在床上丧失劳动能力、随时有性命之忧的人,成了这个家庭的陌生人。全家及父亲本人都在试图说服自己，去认领这具病入膏肓的身体，去接受它。

CT片被病榻上的父亲长时间地举在手中，他试图透过明暗与阴影去认清自己的现状，认清体内内脏器官被毁坏的程度。可他什么也看不出。那些灰色的黑色的半透明的阴影，像无意义事物的排列，是暴乱中的迷宫。

为了印证自己身上依然有那种叫作"气力"的东西，父亲起身，抓取书桌上的狼毫，试图练字。多年来，那支笔毛稀疏的狼毫只在旧历新年时才派上用场，父亲没想到自己的力气连一支狼毫都无法对付，他握笔的手在发抖，勉强成形的黑字好似打摆子，一副迎风逃离状。

向壁而卧的父亲发出一声哀号。他寻找、反思致病原因，到底是哪里出了问题，他想起家里的储水容器，他吩咐母亲以水缸取代塑料桶。他认为是过去十几年来喝的水害了他。过一会儿，又怀疑是那些治疗慢性胃病的药，转而荼毒了他的胃、肝脏和胆囊。

一个老太婆被领到父亲房间，对着他的病体施法。她燃香点烟，口含清水，嘀嘀咕咕，一张青色皱缩的脸埋在烟雾之中。

老太婆走后，父亲连黄绿色的胆汁都呕了出来。

从此，父亲成了彻头彻尾的病人，失意者，身体与精神的双重挫败者，惨遭出局的人。连巫术也不能拯救他。那些如马蹄一般纷至沓来的疼痛，耗尽了他的所有耐性；他要转移它，分散它，驱除它，最终他所能做的只是消极地等待它过去。他对络绎不绝的来访

孔雀的呼唤

者,各路亲友,自身惨状的围观者,表现出了基于本能的冷漠。他们在他房间里进进出出,温言软语,言辞凿凿,却与他无关。他再也没有精力与他们应酬了。

还能起床的时候,他也去牌桌前观战,可无法久站,只呆坐一旁,听听声响,牌起牌落,"吃碰听杠和",一脸木然。熬不住了,就在软榻上昏睡过去。他们看他的眼神明显有了异样。他不必再劳动,任何形式的劳动早已从他身上抽离,他甚至不能照顾自己。他对自己的存在感到厌烦,他迫切地想要结束这种状态,但那些疼痛无法被提前结束。

当剧痛来临时,他什么也做不了。房间里,电视机彻夜开着,申奥刚刚成功,举国欢庆。人群传来的欢笑声,好似来自遥远山谷的回音。但所有这些都与他无关了。父亲闭上眼睛,脑海里浮现出乒乓球运动员的身影,那个小个子女人好像一头敏捷的豹子,浑身充满爆发力。在两次疼痛的间隙,父亲颤抖着拿起遥控器,在各个频道之间切换,试图寻找那个女人的身影,可已经没有任何节目能够将他留在这个世上了。

七

父亲的肉体没有等到那场奥运会的召开, 在两次疼痛的间歇永久地昏睡过去;而无数个被虚构的父亲,在我的意念中长久地活着,被不同时期的我不断赋予新的意义。

我想让父亲过上想象中的生活，这种生活是这片土地上的人们所没有过过的。它不是有钱人过的生活，也不是穷人过的，这种生活和财富的多少没有必然关系。我不知道这是一种怎么样的生活。在这种生活里，它要解决一个最重要的问题，那就是劳动。我们该如何劳动？我们对待劳动的态度决定了一切。

在此期间，我不断纠正母亲的劳动方式。我劝她以逸待劳，保持身体上的安逸比过分地使用它，更接近劳动的本质。可母亲有自己的节奏，这种节奏被保存在她体内多年，已经成为她生命意志的一部分，无可更改。

这些年来，我越来越渴望一种单调的劳动，在自然环境下的劳作，不必你追我赶的劳作。这种劳作既能给人带来身体上的疲倦感，也能让人迅速恢复。它是一种克制，一种试探，而不是穷尽。

多年来，我帮助死去的父亲寻找可能的劳作方式。他可以做无所事事的守门人，丰收季节的拾漏者，研究彩票的人，或干脆成为游手好闲者。这些都是妄想。这个世上的父亲正在逐一死去，他们死在毫无尊严的劳作现场，死在去往异乡的路上，死在黎明来临之前的房间里。当太阳升起时，他们被埋到荒凉的山冈上。

"人居然必须要通过一份工作才能活下去，这个事情包含了人生绝大部分的荒谬。"

有一天，当看到这句话，我有种大声悲哭的冲动。

父亲辞世后，母亲以各种方式打探父亲所去的那个世界。通过梦境、关魂婆的转述以及祭祀日的仪式，她试图获知父亲死亡的真相,以及如何避免这类悲剧的再次发生——不是避免死亡的发生,而是一个人,该如何清楚、明白地死去,接受一份完全属于自己的、独一无二的死亡,好似基督徒行走在赶赴圣餐礼的路上。

母亲的努力是徒劳的,她自己就是面目模糊的劳动者。父亲去世后,她没有让自己闲着。有那么多时间需要填充,那是无底洞,她不知道该拿它们怎么办。除了昏天黑地地劳作,累了躺倒在床上,第二天从那床上爬起来,继续昨天的生活,她没有别的生活。

她好似被什么东西控制住,在熟悉的泥淖里越滑越深,根本无法开启另一种生活。如果活着的人换作父亲,或许还有可能性。我固执地相信父亲比母亲更懂得如何保存自己,他的遽然离世是个意外;好像死去的不是他,而是那个被虚构的人。

多年前,被虚构者抛弃假领子、柿子树、麻将牌,两手空空,惨然赴死;从走进工厂的那一天起,父亲就已提前死去。

飞鸟去了别处,而劳动者不知所终。

泉

　　这是一种奇异的关系，她的身体来自那个人，但多年来她们一直处于忽远忽近、若即若离状态。两岁时，妹妹出生了，九斤重，大嗓门，哇啦哇啦地哭。她顺理成章地被从她的床上挪到祖母屋里。后来，偶尔被允许回到两岁之前的床榻上消磨一夜——即使那样的时刻，她也不敢放肆，将身体蜷在雕花木床的角落里缩了又缩。那是世界上最小、最温暖的地方，神秘幽深，宛如母体子宫。深夜，他们都睡着了，只有她醒着，月牙形指甲盖在床板上轻轻刮着，发出只有自己才能听见的声响。

　　小学二年级时，他们就出去了。她的母亲、父亲，带着妹妹，坐到那种有八盏小灯的大巴车上，去三个小时之外的地方。他们只告诉她，从家里到那个地方要坐三个小时的汽车。她的教室对着一条马路，有一天，她看到一辆蓝色卡车差点撞到路边的民房上；还有一次，放学路上，绿化带里躺着一排路政工人的尸体，身上盖着一层透明而肮脏的塑料布，绿头苍蝇嗡嗡地飞着，钻进钻出。

　　　　　　　　　　　　　　　　孔雀的呼唤

家中坐汽车出门的人好久没回来了。她不知道母亲每天做什么事,睡在怎样的房间里,和哪些人在一起。但她知道母亲穿上了新衣,那是一件藏青色风衣,单排扣,束腰,看着很精神。那是母亲在寄回家的照片上的穿戴,看着像另一个人,像别人家的母亲,可她还是感到高兴。

父亲的来信也是喜气洋洋,好像换了个地方,一切都变好了,烦恼和忧愁就此消散了。所有出走的家庭成员都处于人生旅途的上升期,似乎拥有了未来生活的无限可能。其实,母亲不过是换了个地方洗洗烧烧,以前是必不可少的家务活,现在则成了工作。她手上拥有选择菜品的权力,菜场里的商贩为此讨好她,工友们也都高看她一眼,到后来,无论是商贩还是工友都对她尊重有加。

那是一个很大的建筑工地,有一百多号来自天南地北的人,母亲生平第一次要与那么多陌生的语言进行交流,她仔细分辨并揣摩他人意图,连猜带蒙。很快,一种应对性的语言体系在她的舌下诞生了。与四川人讲话时她会故意带点川味,与云南人聊天时她会忽然蹦出"笨戳戳""苦凉苦凉"等词,想讲却讲不准确,惹得脸色深黯的高原人哈哈大笑。后来,当她不得不回到家中,那些别人的方言却一句也没带回来,好像她的舌头从来不曾说过那些话。

母亲的每一次返家于她而言都是节日。他们带回傻瓜相机、金戒指、高丽参、皮大衣,还有粉色裙子——那是给她的。至今她的脑海里还留有那条裙子的细节图。某一刻,她的内心甚至产生一种近乎执拗的念头,要永远占有它。她强烈感到自己不想长大,为了那条裙子,为了穿上裙子的那一刻,一切都是值得的。最终,她穿着那条粉色棉布裙,上面缀着同色系的泡泡纱和蕾丝花边,与一匹来自远方的白马拍了合照。现在,照片仍保存完好,裙子却下落不明。她曾回到童年的卧房里翻箱倒柜但一无所获,不翼而飞是对的,她无法想象当那样一件确定无疑的物品摆在面前会是一种什么感觉。

那几年,母亲身上的变化显而易见,对美丽衣物进而扩展到对所有不实用之物的热爱,使得她身上焕发出独属于女性的光辉。物质上的富余,加上城市生活的熏陶,以及由不多的一点闲情逸致所激发的购物欲,让母亲将更多的目光投注到另一个阶层上。不过,她很快就认清现状,并果断回归。这于她贫穷而坎坷的一生而言类似昙花一现。

那几年,母亲总是夜里到家。在她迷迷糊糊地睡着时,一个亲切的声音从很近的地方传来。她知道是母亲回来了。她闻到水果软糖的气味,从某个隐秘匣子里散逸出的、甜津津的芳香,让她想起童年病中第一次闻到苹果的香。也是在那样的夜里,她从母亲的挎包里翻找到一种方形的、厚软的东西——她隐隐知道那是什么,又感到莫名的羞怯和畏惧。后来,当她的身体也需要那些东西时,母亲却不在身边,也没有任何人给她指点。她以为自己患了重病,流着血,马上就要死了。

十三岁那年她进入寄宿制学校,住进集体宿舍,从此便在那样逼仄、闹腾、毫无个人隐私的空间里,一直生活到求学生涯的彻底终结。

孔雀的呼唤

她的初中是在镇上读的。母亲回来时,到学校来找她,给她送过手表,给班主任老师送过酒。后者一度让她感到羞耻和难堪。但从老师态度的转变中,她隐约感到被重视。自从他们离开后,她很少有这种感觉,忽然拥有时难免有些惴惴然。那年,她十六,母亲四十三。她明显感到母亲身上焕发出的活力。课堂上走神时,她也会想着那个给母亲带来重大改变的地方到底在哪里,但她从来不敢细想母亲的职业——那是如何微不足道。事实上,母亲在那个地方的存在也是微不足道的。现在回想起来,那微不足道的生活却是母亲一生中的辉煌时刻。它们以藏青色风衣、黄金做的坠子、碎花羊毛衫以及一些奢侈的私人用品为标志。后来,那些可爱而温柔的物统统被塞进杉木衣柜里,其中的羊毛制品因含毛量过高而遭虫蛀毁损。

母亲一生光阴中最美好的时刻,与这个国家的开发和开放政策联系在一起。她和父亲去的是上海,那时候的浦东还是一片荒野。慢慢地,荒野上填满一个个建筑工地,高楼拔地而起。这一次,他们的汗水浇灌的不是庄稼作物,而是钢筋混凝土构成的建筑工地。当所有的空地都被高楼和绿地填满后,属于他们的活儿结束了。

她外出读书没几年,母亲就回家了。许多年后,母亲和她谈起刚刚从外面回到家中的感觉。家里的一切都黑乎乎,那么高的山,那么挺拔的树,房子却如此低矮、破旧,没有一点光——而这个没有光的地方才是她的家。她还能想起母亲谈论这些时的表情。她忽然理解了自己的出走冲动,不顾一切地想要走出去,走到大海那边去。那血脉的源头就是母亲。

那几年,她代替母亲在大地上行走,母亲却回到家中一门心思造房子。那时候,家境每况愈下,家庭成员中有猝然离世者,有四处浪迹者,根本不需要那么多房子。但母亲有自己的主张,她想要给暗淡的生活创造一点什么,哪怕是一扇窗户、一面白墙,在她都是有意义的。

母亲身上的创造动力或许来自当年的异乡生活。毕竟,她在那种地方待过,见证过一片废墟地里长出高楼和广场,长出华屋美厦、熙来攘往的人群以及霓虹灯闪烁的夜晚。母亲坐过电车和渡轮,在南京路和淮海路上都买过东西,站在三百米以上的高楼上凭栏远眺过浩浩汤汤的黄浦江。她的桃心金坠子始终没派上用场,最终被换成钢筋、水泥,参与到对新生活的建设中。

在这个家庭的男主人和小主人都缺席的情况下,母亲开始了建造屋宇的计划,并因此成为众人瞩目的焦点。他们都等着看她出丑,一个穷而不幸的女人实在应该躲起来舔舐伤口,但她没有。她的野心比男人都大。她要在荒漠里找到甘泉。怀着寻找甘泉的信念,她开始了一生中最艰难的时刻。她混在男人和建筑工人的队伍里,把头发剪短,主动剪去性别意识;她做搬运工,给泥水匠打下手,人手不够时还要爬到高高的脚手架上;她的身材越发矮小,人也越来越瘦,皮肤被晒得发红,转而变黑。那些以吨为计量单位的建筑材料,把她压榨得体无完肤。

除了地球引力，钢筋、水泥、砖头、石子以至整幢楼房都在不断地拖拽着她，让她的五脏六腑移了位。几年后，她子宫脱垂，要从阴道口掉出来，不得不去医院做了切除术。

那时，新房已经落地完工，雪白的墙壁、高敞的门厅、气派的落地窗，满屋子整洁光亮的气息。好像废墟地里长出果树，开出鲜花。万物生光辉，世界呈现美好祥和之景象。她的儿子回来了，亲戚们陆续而来，评价系统发生了微妙的改变，但没有明显转好，对她的质问和责难从来没有终止过。从前是怀疑、嘲讽，各种幸灾乐祸，现在则是隐秘的嫉妒，刻意的冷落，鸡蛋里面挑骨头。

他们给每个寡居女人都准备了一套言辞，蛮横武断，随心所欲。母亲丧失的并不是伴侣，而是在这个世上存活的基本权利。她没有奋斗和成功的权利，有的只是被肆意谈论的权利。

那时候，她还不知道这一切要以丧失子宫为代价。任何东西的获得都要付出代价，没想到这次会如此惨痛。母亲身上最重要的器官，温暖湿润、孕育生命的眠床，呈倒置状态的梨形，在许多年前就已经干瘪、萎缩，可有可无。反正，再也不会有生命在其中孕育。它成了塌陷的旧宅，有害的危楼。连医生也这么说，没有用了，摘了吧，没关系的。语气轻巧，就像从架上摘下一根丝瓜、一只葫芦、一个蒲瓜那么容易。他们不仅这么说，也打算这么做。

她请了假，陪在母亲身边。在医院里，这个孕育她生命的女性开始表现出超乎寻常的痛感。它们从弹孔一样的生命缝隙里渗漏出来，从深渊和阴影里流淌出来。手术之后，母亲彻夜喊疼。牙齿疼。眼角疼。胳膊疼。腰疼。后背疼。手指疼。肚子疼。下身疼。腿疼。脚背疼。翻身时疼。起坐时疼。咳嗽时疼。憋尿时疼。吸气时疼。喝水时疼。每时每刻都疼。全身上下,无一处不写着"疼"字。

即使有止痛药水,有按摩棒,她还是疼。那个重要器官的丧失让她体验到了无与伦比的痛感。身体某一处被挖空了,强烈的空虚感抓住了她,它们化作疼,化作深渊里的虚无,化作神经末梢里的每一次战栗。

那是母亲第一次在她面前肆无忌惮地喊疼,像孩童那样发出各种疼痛的信号,不再遮掩和隐瞒。她陪在母亲身边,感到那疼痛的汁液也在她身体里漫延开来。那个器官的遭遇将母亲的痛感放大,它拒绝被丢弃和遗忘。最后,他们还是丢掉了它。他们像丢弃一块烂肉那样把它丢在泛着白光的手术托盘上,当作医疗垃圾处理掉。他们扔掉的是她的来处,一个句子中由括号所囊括的最安全、最温暖的部分,它们自成一体,拒绝与外面的词语进行交流。

曾经母体子宫所在的地方,现在成了黑洞,让人想起大树被伐后所留下的豁口。母亲用红糖、大枣、蜂蜜……所有带天然甜度的东西来驱散洞穴内的冷与空虚。还有来自北方荒寒大地、由驴皮所制的阿胶,成了母亲的自我保存方式。对物质生活算不上讲究的母亲不知从哪里搜来这些东西:宁夏枸杞、若羌灰枣、新疆核桃以及广西多晶冰糖,再加上绍兴花雕酒,它们成了熬制阿胶糕的专用配方。这些来自或寒冷或温凉地域的食料,经过时间和火焰的淬炼,被制作成温和、宁静的滋补配方。

孔雀的呼唤

她想起那种叫益母草的植物，在她二十五岁诞下孩子的那一年，母亲背着它来到城里。轮伞状花序，灰绿色的叶片和茎干，经阳光暴晒后，散发出干枯草药特有的气味。那种叶片仿若艾草模样的植物，童年河边随处可见的植物，是祖祖辈辈的女性同胞在生育后必要服用的药汤。它是苦的，带着一种莫名的来自河边草地的气息，即使与甜度及黏稠度很高的红糖共同熬制而成，也不能完全祛除它的苦味。

　　家族中的女性在成为新生儿的母亲后，都是喝着那样的药汤度过艰难的产后岁月。女性被生育所摧残的身体，不是任何一种古老的植物所能够给予安慰和补偿的，但益母草可以。它给破碎而疲惫的身体带去去瘀生新的功效。它的根、茎、花、叶、实，皆可入药。当年，她喝的就是母亲用整株益母草熬制而成的汤液。它们是完整的，那些痛苦也是完完整整地存在，没有被稀释和遗漏。

　　许多年来，益母草所具有的功效只在小范围内传播，没有被现代医学所承认和普及。母亲对它的信赖完全来自身体记忆和家族记忆，并且，她毫不犹豫把这份信赖转交给自己的女儿。只因她也是那个家族里的成员，是那块土地上的子民，哪怕她已经来到另一个地域生活，城市的平原早已取代故乡的山峦。

　　母亲一直在保护她——那是来自身体的本能，只要她们在一起，被保护的人总是她。那年初秋的午后，母亲和她走出商店，来到大街上。雨后的街道散发出熟悉的气味，空气清新，暗含着草木的芳香。她和母亲愉快地交谈着，完全放弃了本就不存在的戒备心。当走到湿漉漉的行道树所遮的街面上,她习惯性地挥舞着手中的伞,不想下意识划出的弧形惊扰了头顶树枝上的蜂群。它们倾巢而出,狂乱地舞动、冲撞,朝她们的头上、脸上、肌肤裸露处密集地扑咬而来。宛如家园被毁的人类丧失所有理智,只以本能的咬噬为泄恨方式。耳边是母亲的喊叫和哀号,好似大难临头。她无法忘记的是,当时母亲忍着剧痛以树枝救她,而不是自救,甚至事后多次提及不该领着她去那条路,她充满内疚,眼眶里蓄满痛苦——这比遭袭本身更让她揪心。

这就是她的母亲,如果说她在这个世上寻寻觅觅始终没有找到自己的位置,那么在母亲那里,她早就拥有了一切。早年的分开并没有改变这个事实。她在自己有了孩子之后,也成了和母亲一样的人。有时候,她被自己身上涌现出的母爱本能感动。一旦想到所有的人都是由母亲所生,被她们夜以继日、无条件、无目的地爱着——她为这个显而易见的事实,感到温暖和震撼。

这就是她没有彻底沦入悲观之途的原因,她生命中的光来自母亲,来自她无意识的奉献,不求回报的付出。这点对点的爱,狭隘而专注的情感,一度让她不以为然,甚至以逃脱为最终解决方式。

那年父亲病重时,家里来了一位江湖游医。女性,五十几岁,铁灰色长发披肩。穿着宽松的、色彩斑斓的衣衫和布裙子。硕大的银戒指。眼影重重。女人坐在主桌上,挥舞着手中的烟,以先知的身份居高临下地宣布父亲的病入膏肓。就在女人大放厥词时,母亲忽然下跪,求她一定要拯救自己的丈夫,无论付出什么代价都愿意。母亲的举止把那女人吓了一跳。在母亲的一再乞求下,女人决定冒险一试。她身上环佩叮当,嘴里念念有词,朝父亲的病体上胡乱施法。完事拿到钱财后,马上逃之夭夭。

她一直记得母亲跪在地上向那女人乞求的场景。谁都知道这个来历不明的女人根本不可能拯救父亲,母亲当然也知道,可还是下跪了。她流着泪从房间里退出,不愿目睹这一幕。

很多年后,她去海边看日出。那是五月,她走在山路上,闻着栀子花的甜香,转弯处有黄羊怯弱的叫声传来,如幼儿唤母。心里忽然有什么东西被唤醒。她走在光亮之前的寂静里,底下是海水,身边是树,是栀子花,是幼弱鸣叫的生物。她想起了母亲,那只黄羊或许就在呼唤灌木丛中它的母亲。

故乡的娘娘庙里有一股清泉,冬暖夏凉,涝时不盈溢,旱时不枯竭。路人引为甘露,趋之若鹜。某年返乡时,母亲邀她一起去那庙里取水,说很多外乡、外县的人也都来此地汲水。母亲说不出那水的具体好处,但总归是好的吧。对于水,母亲的词典里没有微量元素和矿物质,也不懂得什么酸碱度。她只知道那里的水一直都在,从她小时候起,从她母亲和祖母小时候起……就在那里了。别处的水不是干涸,就是遭到玷污,变成红的、绿的水,变成废水和毒水。只有那里的水,汩汩流淌,清澈如斯。水渠边留下有人汲水的痕迹,他们放了一些零钱在那里,母亲也虔诚地照做。原本安静的庙宇周遭早已喧嚣涌动,几分钟之内便有呼啸的汽车声盈耳。来自山上的清泉本来只在竹筒内流着,现在被引到一根塑料水管里,流速和量都增大了,渐渐成了城里人乞求长寿的偏方。

对一样事物母亲很少有怀疑的时刻,就像当年她冒着酷暑去县城的农业银行取一张已经被挂失的存折。存折的主人——母亲的独子、她的哥哥早已将此作废。他对自己的生母说,里面还有钱呢,你去拿吧。但你要把现金先给我。母亲照做了,乖乖地把钱给了他。下次再遇上这样的事,她大概还会如此。那也是她的孩子,她总相信他会变好,与其在外面骗别人,不如自己受骗。

母亲扛下了一切,无论力所能及,还是不能及。这些事情无论遇上哪一件,足可以把她摧毁到无以复加的地步,但母亲挺住了。她见证了母亲的大半生,忍辱负重,生机勃勃,是这个国家底层女性的楷模。母亲不想成为谁的楷模,她只是这个家庭的领头羊。那些年,是母亲带领全家,这些散兵游勇去寻找新的住地,好像她天生就知道方向——知道泉水的位置,知道太阳升起的地方,知道如何在风暴来临之前找到避风港。即使遇上嘲讽和反对的人,她也一笑了之,绝不会改变主意。她去别的村庄买来宅基地造房子,千辛万苦建成后又将房子卖掉,换到通往县城的路边,106公交车的终点站。

做所有这些事情时,她的身边没有男人,没有任何依靠。对未来生活的担忧让她选择去做最为艰难的事,她甚至想把这个家族以后要经受的苦难提前一个人扛下来。她不是超人,但她的儿子却将她当超人使用。有时候她自己也会产生这种错觉。她患风湿性关节炎、胃病、妇科病,心脏也不好。五十岁不到,便齿牙脱落,换之满口假牙。她有一双完全变形的手,小指早已无法伸直,当年被家中饲养的长毛兔咬伤后,没获得及时处理。也有说被蛇咬的。没有人好好问过这件事。其他手指也呈不同程度的蜷曲和变形状态。这长短不齐的十根手指,这畸形、倦怠、伤痕累累的身体组织,跟着主人超负荷运作了好多年。经她之手所做的事,事无巨细,如果被记录下来,那就是一个女人劳动的一生,也是手——作为身体最忧伤器官的变形史。如果将此作为博物馆里的展品,其规模之大、狩猎之广,将是这个时代最震撼人心的身体样本。

一年中,母亲只在农历大年初一这天允许自己休息,她歪着脑袋斜靠在床头上,看电视,或边看电视边打毛衣。桌上摆着吃食,炉子上煮着什么,热气腾腾,香味扑鼻。母亲眼里含着笑,身心都松弛下来,手上劳动也是闲适的,可有可无的。这样的时刻却如此短暂,它永远是短暂的,就像童年岁月里的糖果还没来得及回味,已经在唇齿间融化了。

层出不穷的事情在一个家庭内部不断发生,那是命运的循环和重复,遭了诅咒般,眼睁睁地看着,毫无改变之力。尤其是为了家族血脉的延续,总有新人要来到这个家庭,带来繁殖和更多的人口,也带来难以招架的问题。母亲抱持残缺之体,竭力为之服务。在子宫被切除后,又经历上肢骨折、旧疾复发等身心上的摧折,"养老""享福"之类的美好想法渐渐退出她的幻想系统。在惯性的驱使下,她做一切事情。那些事情就像专属于她,与别人无关。未来的日子可以想见,她的手、胳膊肘子、膝关节、颈椎都会变坏,一坏再坏,直到不能使用为止。人一生的成就和命运都建立在身体基础上。女性身体不仅是劳作的本钱，还被赋予繁殖后代的职责和使命，好似她们的身体本身具备旺盛的生长和复原能力，蕴藏着无限潜能，就像土地和河流，就像来自地下世界、涌荡不息的泉。

即使丧偶、疾病、手术，致使身体每况愈下，母亲还是停不下来，她习惯在劳动中形成自己的判断，在手脚配合的劳作中感受时光流逝，美妙的东西一去不返。

物极必反，母亲勤劳务实，而她生性懒散，对任何家务活动都采取应付甚至逃避态度，能拖则拖。灰尘的堆积及擦拭让她想起西西弗斯的推石头上山，荒诞而无意义。她关注精神生活的实在与虚无，几乎把所有时间都耗损在那上面了。某种意义上，她和母亲是一样的人。她们太明白生活的艰难和局限，只有将"所有"投注在"唯一"上，才能达到忘却之目的。她对家务的应付态度，并主张让家庭中的男性参与其中，让母亲感到欣慰。终于，自己的女儿不必深陷其中，这既是做母亲的通达，也是私念。

与其说她怀念从前的家，不如说对母亲营造的家庭氛围心有戚戚。母亲总有这样的本事，无论物质上如何清贫，一个家庭最基本的体面生活都不会丧失。美味的饭食、基本空间的整洁以及家庭成员的精神面向，都在她的劳作中形成，并渐渐清晰。

当她兜兜转转，最终成为一名写作者，就像成为某类古老工艺制造者中的一员——比如养蜂人、织网者、木匠等等，她觉得自己的劳动和他们的并没有更深的区别。和他们一样，她的时间也被填满了,再也不用担心没事可做。她知道写作是唯一可以帮助她的,帮她泅渡过茫茫人世之海,就像劳动在母亲生命中所占据的位置。

她遇见过不同境遇下的劳动者,他们待在室内或室外空间里,他们的选择和执念让自己早已与所处的环境融为一体。在他们身上,没有任何轻浮的东西,没有消费主义,没有娱乐至死。每天,他们完成的只是一些单调的,甚至可称之为枯燥乏味的动作,并不断将这些枯燥乏味重复下去。日复一日,除了劳动本身,他们什么也得不到。那个最终的果实显得非常遥远,甚至不值一提。那一刻,她忽然对搬石头的西西弗斯产生了另外的感情,后者以单调至极的动作表达了对人类劳动的敬意,她被此打动,自然联想到母亲及与母亲一样卑微的广大女性的命运。

她曾萌发过这样的念头,将母亲带离她的劳动现场,与自己生活在一起。有一天,她真的这么做了。她和母亲待在同一屋檐下,成了彼此生活的见证者。没过多久,彼此都感到无法忍受。尤其是母亲,她在不属于自己的空间里走来走去,在高楼和闹市区走来走去,比她在田野上行走更让人感到孤单和荒凉。她第一次感到自己所生活的城市,是世上最荒凉的地方,每天有那么多人从她身边走过,汇成五彩斑斓的身体的河流、声音的河流、无意识的河流,最终消散得无影无踪。

她和母亲,所有人最终都将回到各自隔绝的空间里,那是她们的劳动现场,也是生命最终完成的地方。母亲见证过祖母的临终一刻,在手中的劳作停止后,坦然咽下最后一口气,没有犹豫和挣扎,视死如归。

离开故乡的山岭和溪流已久,她偶尔在百度地图上打量那片模糊的区域,将某个局部区域放大,想象自己正身临其中。有一天,她忽然发现祖母和母亲生活的地方离大海很近,站在后山的山顶上大概就能望见湛蓝大海的一角。小时候,除了每年夏天必会光临的台风,以及从海边集市贩卖而来的咸鱼虾米,她们体味不到更多海的气息,甚至对自己住在毗邻大海一角的事实也一无所知。风暴中船毁人亡的消息只是偶尔传来,且都与己无关,被当作传说中的事件对付过去。

现在,她和母亲依然在各自的地域里生活,从事着外人看来略显枯燥的工作。母亲开了一家杂货店,唯一的工作就是等待。由于电商的普及,年轻人很少光顾实体店,只有那些和母亲差不多年纪的老人为了一斤白糖、几只鸭蛋颤颤巍巍地过来,在货架上挑挑拣拣。总有人既不想花费太多钱财,又想把日子过下去。母亲自己就是这样的人,她不是精明的商贩,不是顺应时代潮流的创业者,她的工作不过为少数人提供了方便,同时也给自己找到容身之处。

与母亲一样,五年之前她将工作辞掉后,也关门闭户于家中。她每天的工作无非是写字,不停地写下去,不断地修改、擦拭和覆盖,她处理字词、语句之间的关系,处理记忆与过往、现实与真实之间的关系。她处理文字与不断变化的自我之间的关系。

有时候,她甚至会产生一种莫名的荒诞感,自己不是在写作,而是在旷野里挖一口井。随着时序的更迭、泥土的堆积,从黑暗的地心深处随时可能涌出清泉来。但这些年来,她对是否拥有清泉这件事越来越不在意了。她只是工作着,以文字,以突如其来的想法,以默默的劳作和听天由命,把一天天的日子填满,如此而已。

沿河而下

那年春天，我离开村庄去山岭那边游走。在一个叫石马的古村落里，遇见一条废弃的木船。在我到来之前，它已经结束河上奔波的旅程，搁浅在村庄尽头的浅水塘里，船舱里满是泥浆和陈年落叶，阳光下散发出浓重的泥腥气。那是我第一次在现实生活中看见船，我被一条船所拥有的外形和气度震撼。直到如今，我仍无法说出它的具体构造，对于底板、龙骨这些构件名称更是一无所知。木船的出现让那个春天的下午长出一些模糊的东西。原来，那些古老的事物还藏匿在某个僻静的角落里，并没有完全消失。

废弃船身所蕴藏的美妙弧度显示出河流在过去时日里的辉煌，如今它们中的部分支流已经永远沉潜至地底下。流经我家门前的那条河，已不能算河，顶多算是溪流。对于它从何而来，由何处的雨水、雪水、湖水、沼泽水汇聚而成，我一无所知。谁也没有认真想过河水的来路问题，我们只在每年六、七月洪水来临时，对着咆哮的水面束手无策——它让我们无法顺利走到河对岸的学校去。

　　　　　　　　　　　　　　　　　　　　孔雀的呼唤

那个住在河边石屋里的老人也无路可走，他把自己扔在洪水过后的河滩上，就像猎人扔掉他的残疾猎狗；老人身边还扔着一只喝空的农药瓶。他的儿媳妇怒气冲冲地赶来，将那具已经僵硬的尸体辱骂了整整一个小时，骂他是老疯狗、老毒物、老寄生虫，不得好死。

洪水也带来死去家畜的尸体，死猪和死去的鸡鸭鹅都浮汆在混浊的黄泥水里，由激荡的流水载往远方。那时，我还没有见过大海，认为河流的尽头就是海，很想沿洪水肆虐的河边行走，亲眼看看它们到底去了哪里，入了怎样浩瀚无垠的地方。

但那种时候我哪里也去不了，只抱着河边歪斜的枣树，看河上万马奔腾、呼啸怒吼——好像有一千一万支军队正在过境。肉身被不断抛掷，在水底和浪尖，头晕目眩。几日咆哮过后，河上复归寂静，变回宁静的溪流，轻浅而无声地流淌着。

某些季节里，溪床上的水更少。那些裸露的、白花花的石头躺在干燥的河滩上，重新成为陆地的一部分。我们在上面走来走去，安静地谈论着脑海里闪现的念头，或因某些话题争得面红耳赤。那些没有记录下来的谈话成了被记忆篡改的对象。我虚构过诸多混沌模糊的场景，它们在我的讲述中变得清晰，而不被叙述观照的部分则逐渐隐去。虚构让我找到通往真实的道路。至少，所有河流都真实存在，我们在河边的行走也是真的。

在学校，十三四岁的少年普遍举止木讷，但一旦换个地方，那个年龄的天性便毫无保留地释放出来。无须任何商议，我们所能找到的最好的地方就是水边。不断壮大的队伍从黄昏的家中出发，来到流水欢唱的所在。天黑尽了，潺潺的水声就像脚步声在我们身后响起。在水边，时间是漫长的。谁也不关心时间的存在。我们有说不完的话，像溪流那么漫长、无边无际的话，我们把所有认识的人——戴白色边框眼镜、留蘑菇头的女教师，生黄疸肝炎的少年，课桌洞里种花的女孩，以及校园围墙上飘来飘去的白衣人都编排到水的声响里。

那种时候，远方只存在于模糊的幻想中，还未落到实处。我们总是沿着河岸小心翼翼地行走，生怕走得太远，回不到熟悉的家中。山地的河流很少分岔，不似陆上的道路七弯八拐，让人迷失。在山上，溪流可不是这样，它冰凉而一泻而下，像皱巴巴的白布凌空悬挂着。

不知从何时起，我开始向往一条真正的大河，像草场那样宽广的河，它可以没有那么多水，但必须为随时可能抵达的河水腾挪出位置。它有很多石头，五彩缤纷的岩石碎片像天上的星辰那么多；更重要的是，它与世上所有的溪流、湖泊和大海都相通。

那样的河滩上，我们可以散步、野炊、交谈、打水漂，做一切涉世之初的准备。河边的时间永不结束，黑暗也不会到来。人们尽可以通宵达旦，欢庆时间的胜利。

但那一天还是来了，我离开少年的河滩踏上陌生的旅程，异乡清澈的河水映照出我风尘仆仆的脸。那是一条真正的大河，比我见过的所有河流都大，灰色的卵石布满河滩，一直延伸到山脚下。

　　　　　　　　　　　　　孔雀的呼唤

学校坐落在山坡上,昏暗的教室,斑驳潮湿的墙壁,玻璃窗上黏着蜘蛛网。课堂上,我听到粉笔灰簌簌的抖落声,窗外的无花果树叶也在发出哗啦响。父亲将我领到这里后便离开了。我来此地学习一种复杂的技艺,学习解剖学,学习人体血液的流动、心脏的构造、杂音和瓣膜的关系,以及肌腱和经络的分布走向。

伙伴们的来信被夹在书页里,夹在红绿色的血管中间。除了这里也有教学楼、食堂、图书室和操场,偶尔也发出欢声笑语,我不敢相信这是一所学校。它那么荒凉,所有的动物都被关在笼子里,被注射完毒药后又被注入解药,在死去活来和奄奄一息之间苦苦挣扎。从解剖室和实验室出来,他们直接去了餐厅,面对红烧大肠、狮子头烧肉,照样大快朵颐,什么障碍也没有。

我将所有希望寄托在那条河上,河流的声响多么宁静、平缓,富有节奏,就像处于健康状态的人体。而心脏一旦出现杂音,好比堤坝挡住河水的去路,水的道路被拦腰折断。河流、血液和心脏的关系,风车与肺叶的关联,还有那像蚕豆一样的双肾、杂乱无章的神经束……我脑子里整日想的都是这些。我尽力了,还是没法搞明白那个世界的运行逻辑。

远方朋友寄来的信被我带到河边一一读过了。我希望时间像河水那样快速流走,哪怕回到过去的河床里,只要不让我再进解剖楼闻福尔马林的气味。很多年后,我读德国作家帕·聚金斯德的《香水》,读到"主人公诞生在巴黎城中一处最为臭气熏天的地方"那一段时,当年解剖室里的刺激性气味再次扑面而来。

关于那种气味,我在给朋友的信里委婉地描述和抱怨过。但他却以为我是被死人的样子吓到了。你应该去读别的专业,一个与死人打交道的专业并不适合你——他在信里喊道。喊叫声通过信纸远远地传来,宛如当头棒喝。其实,我从来没有觉得那些东西属于死人,它们只是学习和实验的标本,没有任何可怕之处。我真正害怕的是它们一点也不像人体组织,谁也不知道他们从哪里弄来这些东西,装进透明的、填满防腐液的玻璃瓶里,被当作人体必不可少的部分来展览和学习。我发现自己真正无法容忍的是这个。

那天上午,穿白衣服的女人站在讲台上,戴塑胶手套的手从塑料盒子里不断掏出血肉模糊、热气腾腾的东西来。它们是胎盘,刚刚从某个年轻女人的身体里掉下来,和新生儿一起分娩出来。除了看到红色的血、血管,模糊的肉体组织,他们说的羊膜、叶状绒毛膜和底蜕膜我都没看见。我一点也看不见他们说的那些东西。所有这些,对我来说实在太难了。

解剖书上画满了地图一样色彩斑斓的人体组织,神经像电线,肌肉是块状土壤,曲折缠绕的血液则是河流。但这些东西一旦被从人体上切割下来,成为局部组织,我就什么都不知道了。白衣女人手中所持的人体胎盘以及实验室里浸泡在黄色药水里未发育完全的胚胎——袖珍版的身体,瑟瑟发抖的身体,神秘恍惚的身体——它们实在不应该被保存下来成为众人的观摩对象,而应该被流水带走。

那些午后或黄昏,我待在河流的身边,而他们与标本在一起。

　　　　　　　　　　　　孔雀的呼唤

后来,我没有在别的场所遇见过他们。很多年后,我与那所学校里的人几乎毫无交集。这给我一种错觉,好像我并没有在那个地方待过,如果不是亲眼看见浸在防腐药水里的人体胚胎,逐渐清晰的眉眼,一点点睁开,宛如远古陶器上的人脸雏形,或许我的遗忘更容易些。

有一年冬天,我回到故乡的河边焚烧死去亲人的衣物。在我们那里,这是基本风俗,也是未亡人与亡人的最后告别。做这些事情要选在河的下游,离屋舍、晒场等日常活动之地尽量远些。童年时,第一次看见留在河边草丛里的灰烬,丝丝缕缕,随风飘动,再猛烈的洪水也无法将它们悉数冲走,有种莫名的惊骇感拂来。我本能地知道那是怎么回事。它们不是焚烧麦秸秆或枯树枝留下的,也不是农人的草木灰,而是与那个世界有关,与哭泣声、木鱼声和穿白衣的送葬队伍有关。

在阴冷的河边等待死去亲人的衣物一点点化为灰烬,并不需要额外的冷静和耐心。结束总是来得飞快。火焰吞噬着死者的形貌、声音以及过往人生的碎片,没有什么是它不能带走的,尤其这一切发生在流动的河边。

河是分岔路,也是死生间的通道。

从此以后,我们只能往河的下游走,走到干涸见底、无路可走的那一天。而祖先位于河流清澈的上游,在永生般的回忆里,只能回望,不可触摸。

有一年,我来到异乡的河边,忽然萌发了就此住下的念头。站在六楼公寓房的阳台上可以看见河。水的流动与山的静态呈现出一派幽远、迷茫的景致，还有盘旋的风也在其中。视线所及之处，群山如大地滋生的巨大笋群，并将倒影移植在水中。我甚至以为那就是传说中河流的上游，是人类远古时代祖先曾寄居的地方。在内心冲动的驱使下，我不顾金融学和投资学的基本规律，兴冲冲买下那间能望得见河流和群山的公寓房，位于不发达省份不发达地区的小镇上，距非核心城区还有十八公里以上。小镇没有工业，以农业和零散的旅游业为主业，当地居民仍在贫困与温饱之间挣扎，对山水美景无暇顾及。除了购买之时，站在那扇尘封已久的窗户前短暂凝望过河水的流向，此后一次也没光顾过。

好多年过去，它经历了货币贬值、房产滞销，最终难以脱手。但因为它的存在，我似乎拥有了一项奇异的遁逃术，未来某天，当战争来临、海平面上升、天灾人祸肆虐——这些幻想中的风暴逐一袭来，我还可以躲到那里面去。至今记得坐动车千里迢迢前往那里的旅程，沿途山川美不胜收，跳下火车任何一处都是最适宜的人类居住地。那种欢喜与雀跃，从内心深处迸射的向往和希冀，就算后来无奈降价出售也没有减损丝毫。人生第一次投资以失败告终，它让我看清这个时代人们的真正需求。奔涌的河流并不是我们所需要的，我们需要的是绿道、公园、氧吧和安全的水系，而不是有漩涡、充满不确定性的水域。我们需要的是带负离子的空气、温暖、欢乐以及满足感，而不是神秘的荒野与未知的恐惧。

一个人离开童年的河流太久，既回不去，大概也害怕回去。被惯性所裹挟的人生之路虽平淡无美感，却也是容易的，无非是顺流而下罢了。后来，居住河边的念头虽时隐时现，却被我果断地遏制住了。

大地之上，河流之美越来越罕见。它们在荒野，在边地，在人迹罕至处。如果人们在那样的地方建房子，那么到处都是湖景房、海景房、山景房，任何风景都有，但没有写字楼和厂房，没有赖以为生的工作。河流越来越成为河流自己的风景，与人类无关。

距我童年的村落三十公里处，有座叫东屏的僻静古村，一夜之间被炫目的灯光照亮，成为网红打卡地。石子路、鱼鳞瓦、雕花楼、双眼井、石窗、石头墙、老家具……所有从现代生活场景中退役的东西都在那里被保存下来，唯独河道里的水干枯殆尽。没有波平如镜的水面，没有鱼虾蹦跳、螃蟹横行。只在河床的低洼处流淌着一道似有若无的水痕，流在水草和碎石之间，随时可能消失。

那条宁静、壮阔、长满鸢尾和芦苇的古河道，已经不见了。水在来的路上被截走了，往更隐蔽的道路流淌而去。沿途尽是枯竭、干裂的河床，石块变得无比硕大，沙粒走向无尽复制的旅途中。原本流水的地方长出了车前子草、酢浆草、野生蕨菜以及更多没有来路和去处的植物。

至今还记得童年河床上的流水漫过脚背、逐步上升至脚踝的感觉，"抽刀断水水更流"，水流永远向前，不复归来。现在，人们不需要从河里汲水。择菜和浣洗衣物也都在离水很远的地方进行。屋子里有了水龙头，厨房里有了净水器，那些原本应该流淌在河道里的水流进了千家万户。水被别的器物收走,没有河床的份儿了。河水暴涨只在极端气候出现,很快便偃旗息鼓。人们很少去水边,除非是为收集一些关于河体荒凉的证据。

那艘装满泥浆和陈年落叶的废船便是在那种情况下被发现。我的故乡是丘陵地貌,人们依靠脚力行走和收获,并不需要木船这样的交通工具。对于出现在石马村水塘边的弃船到底扮演过何种角色,我自然一无所知。那天下午,我沿着水塘一圈圈行走,从不同角度打量那艘废船,试图发现蛛丝马迹。

关于废船的谜底要很多年之后才得以揭开。

那个闹热、纷乱的同学聚会,从诸多熟悉而模糊的脸庞中,我忽然瞥到一张记忆中的脸:一个卷发男孩从外面走来,粗短的手指头,微微泛黄的左右手掌在身体上轮流拍打着。他似感到紧张,脸涨得通红,嘴唇不自觉地颤抖着。他的声音淹没在欢闹的人群中。后来,我才知道男孩的母亲就来自石马村,他的舅舅在流动的河道里养过珍珠,那是方圆几十公里内唯一一个养珍珠的人。

养珍珠的年轻人很早就死去了,根本没有什么珍珠,人们只看见船——年轻人曾坐在船头巡视那片水域,往水里扔一些蚌类的吃食。有人在田里放牧牛羊,有人在水里饲养鱼类和虾米,只有他被那种亮闪闪的珠子蒙蔽了双眼。但不是所有的水域都能养出珠子来,正如不是所有的男人都能娶到老婆。人们都说那就是个典型的傻瓜,他知道女人们喜欢那种亮闪闪的玩意儿,就千方百计地要得到它。那个卷发男孩就来自那个家族,舅甥俩属同一类人。

聚会快结束时,男孩忽然压低嗓音说自己也写东西,写了一百多万字了……我心底一颤,好似被抓住了把柄。男孩低垂着头,喃喃自语,完全沉浸在自己的世界里。我的记忆回到那年春天,我们一群人出现在河滩边,我们的身体躺在各自家中的床上,我们的"灵魂"却来到河滩边散步。那是我第一次听到"灵魂"这个词。告诉我这件事的就是这个卷发男孩。那时候,他长得矮小而壮实,手里把玩着鹅卵石、松鼠或一条蛇。他还玩从河滩上捡来的白骨,不是死人骨头,而是死去的家禽骨头。

他说白天的河滩上出现过的人到了黑夜还会回到那里,他们不是以自己的身体回来,而是变成自己想要变成的模样。我问他,那我变成什么了?他微微一笑,不说话。我们都问他自己到底变成什么了。他低着头诡异地一笑,最后说他的表姐是一只兔子。人群中那个温柔、良善,圆眼睛,皮肤白得像雪,扎两根辫子的女孩变成一只白兔回到河滩边——当我再次见到那个人,脑海里马上浮现出一只兔子的模样。我总不能完全相信此类事情,又没有办法忘记。如果不是这个卷发男孩,这些被挤进记忆深处的往事大概不会如此迅速地释放出来。那一刻,我忽然想起一种身体透明的鱼。它们躲在栀子黄的沙粒里,它们的身体也是栀子黄色,一有风吹草动,在几下痉挛性的急转后便消失了踪迹。

从那以后,我再也没有在哪条河里见过那种鱼,好像它们只出现在特定的水域里。它们的显现与消失至今仍是谜。这些年里,并不是所有河流都处于干涸状态,也有少数幸运的在时间里获得了补偿。

　　我生活的平原城市就有许多奇迹,其中之一便是水源丰足、河网密布,好像随便一铁锹、一锄头下去便能挖出汩汩流淌的泉水来。有一年秋天,我在一个水系庞杂的小镇教书,触目所及皆是粼粼水波。当午后或黄昏漫步于湖边,便有一种混合着树、泥土、阳光以及湖水的清香,飘忽而至。水边田地里,农人以各自喜好随意栽种作物,或干脆什么也不种任其半荒着。沿途树木也是东一株西一株毫无秩序感地生长,给人荒野的感觉。据说这个镇上水域总面积比西湖还大,但它只是乡野里缄默的湖,不如西湖烟深水阔,声名远播。城里来的人站在河边树下钓鱼,本埠村民则骑着农用三轮车前来收获水边田地里的毛豆、青菜和棉花。水边的空气清冽而温润,泛黄的日光落在白色棉籽和深褐色枝干上,给人旧时光的错觉。

　　没过多久,这片原本只有白鹭、钓鱼爱好者和附近农人光顾的水域被开发商看中。湖泊的命运从此改写。学校易址,农房拆迁,长满车轴草、鸭跖草和酢浆草的野地被整洁而乏味的绿化带所取代,野生乔木被伐走,女贞树、广玉兰、紫薇、杜英后来居上。高层和小高层拔地而起,还有高档墅区,其中可以俯瞰湖面的被称为湖景房,因湖泊而拥有额外的身价。包蓝头巾的农妇不再种植棉花和毛豆,就近成了小区保洁员或城市清洁工。本来,劳作的间隙,她们还可以在湖边草地上仰躺小憩,感受湖水和阳光的滋润。当熟悉的土地被兑换成商品,湖景也成了湖景房的一部分,便彻底与她们无关了。

就算没有大湖,他们也有办法把狭窄的水渠挖成深阔的湖泊,进而将湖泊规划成绵长的水系。湖是钢筋水泥的城市森林中最灵动、最神秘的部分,梭罗赞美其是大地的眼睛。似乎湖能产生自己的气候,湖边的草木、石头、光阴甚至寄居者都属于湖的一部分。每到一个地方,人们总会去寻找离住处最近的湖。湖水对人的召唤就像磁铁对磁石的寻找。

我对住处的唯一要求是附近要有湖,随时可以走到湖边去。有一年冬天,这个江南小城罕见地将零摄氏度以下维持了一个月之久,一切景物进入始料未及的严酷的深冬,那些性属南方的植物——叶片肥大的芭蕉、蓝雪花、爬满门墙的扶桑、盆栽吊兰等均叶片枯死,满目萧条。风冷冽,阳光、云朵也一改往日的温煦缱绻,带来冷冬的气息。人们蜷在自己的衣物里,冻得牙齿打架、瑟瑟发抖,只想发足狂奔到温暖、炽烈的地方。湖面罕见地结了冰,厚厚的冰层数日不破。冰面似混浊的镜面,映照着天光、树木和云影,好似这个世界被瞬间固化。

冰的出现让我想起从前的日子。流动的溪水很少结冰,雪后的屋檐倒经常有白色的冰柱悬垂,人体血液似乎也会被冻住。冻疮就长在身体末梢部位,离心脏最远的地方,是寒冷日子里的标配。有许多取暖的方式,火盆、铜火炉、热水袋,还有一种"挤呀挤"的游戏。向阳的墙壁前站满人,个个呵气成霜。冬天的大地上到处都是寻找温暖的人。寒冷让人宁静、知足,似乎只要有一层薄薄的阳光就能获得满足。

手指冻得通红、冷至骨髓的记忆还储存在身体某个角落里,可终究远去了。人们带着记忆生活,一面遗忘,一面不断有新的感动涌入。可能,那些与隐秘心灵有关的重大事件并不能长久地感动我,但一块浮载在水面上的冰却可以,还有那年春天搁浅在水塘里的木船。

此刻是一年中的最后几个小时,我坐在一间水边的屋子里试图结束这篇文字,或继续写下去。阳光落在窗外的草地上,闪烁着淡橙色的光斑。而屋内,蜡梅之香似有若无,像熟悉的流行音乐的旋律萦绕在侧。空气清冽而洁净。所有日子都不会轻易结束,枯竭的河流还会以另一种形式回来,即使有一天,我们离开了,它还在那里流淌着,并永远流淌下去。

孤往

那个冬天的黄昏,在她寄居的城市里,天气预报说有雪。

她在朋友的工作室里等待四面八方赶来的人。有神交已久却未曾谋面者,也有久别重逢的人;有人从机场直接开车过来,有人坐上由郊区小镇出发的公交车,也有人仍在途中苦苦等待搭乘的车辆。而她是第一个抵达者。那天下午,她在附近办完事,直接去了集合地。工作室位于某商务大厦十一楼。人群在此集结完毕后,再赶去下一站。

她感到无聊、慌乱,还有些不知所措。

落地玻璃窗外,街上的一切像极了横向移动的布景,这一刻的挪移只为给下一刻腾出位置。塞满、清空,又塞满。周而复始。而她暂时不必以身体、以全副武装去投入这浩浩汤汤的移动大军中。雪花来临的消息,在刷微信朋友圈时被她截获。有人在郊区的阳台上拍到飞雪的视频,有人干脆贴上了几年前的雪景图,欢呼声响彻朋友圈上空。

站在窗前俯瞰的她,暂时没有发现雪的踪迹。但她的内心早已被点燃,脸庞发烫,四肢颤抖,迫不及待地想要去雪地、旷野,去雪的世界里移动和奔跑。那是周末的傍晚,城市的道路上尽是堵车大军,是雪让所有等待变得甘甜、悠长,如饮佳酿。某一刻,她闻到糖炒栗子的气味、炉火的气味、回忆的气味。

朋友的工作室,暖气充足,宛如暮春。朋友有事暂离片刻。独自等待的她,给自己泡了杯薄荷青柠饮。青柠和薄荷的气味让她想起曾品尝过的植物根部的甜味,它们来自下雪的村庄,村庄的后山堆满雪,记忆中肥硕而永不融化的雪。那一刻,她才真正意识到雪到底带来了什么。它是记忆的连通器,将她带往幽深、恍惚的世界。

她还能想起那些等雪的日子, 等待那个关闭许久的世界重新开启。仙乐飘飘,大雪纷飞。雪落在道路、树木和屋顶上,将山林染白,将田野变成茫茫雪地,让人欢喜、震惊。通常在第一朵雪花羞羞答答地飘落之前,她的回忆便开始了,并纷纷扬扬地铺展开,不可收束。

雪后的早晨,阳光透过树枝落在积雪的柏油路上,世界被一道白光照亮。九岁的她终于穿上那双觊觎已久的小红靴子,细腻、光滑的羊皮, 里面缀有密集而温暖的绒毛——它们在母亲的鞋柜里一躺就是很多年。相比她的脚,靴子依然显得大而笨拙。她穿上靴子走在雪地上,就像醉酒的人踩着高跷。积雪的道路上随处可见四仰八叉的人,孩童走着走着便摔倒了,老人将自己绊倒在家门口。父亲的手温暖而干燥,紧紧抓住她的。

那个遥远的早晨,她和父亲迈过陡峭、湿滑的台阶才来到雪地里。路的那头,男人们站在白色的树底下大声说笑,嘴边浮现出一小团一小团的哈气。他们都是父亲的牌友。下雪了,天寒地冻,更有理由组织一场昏天暗地的牌局。瓦棱之上白鳞鳞、起伏不定的积雪,屋檐下垂挂的冰柱,红色高跟靴的蹒跚感以及父亲宽厚温暖的手掌……它们与雪带来的兴奋一直埋藏在她体内。

　　很多年后,初夏枇杷上市的季节,父亲被恶疾夺去性命。等她到家时,那双温暖、干燥的大手早已被塞进轰隆作响的冰柜里。如果这一切发生在雪天,或许接受起来更容易些,她会以为父亲是逃离了,肉身隐于茫茫飞雪之中。

　　此刻,她在这高处的房间逗留、等待。在他们到来之前,她不能离开。雪的消息仍在路上,被有条不紊地酝酿、发酵和传递。窗前眺望的她,分明感到某种雪意——不是寒冷,雪和寒冷无关,甚至与冬天也无关。人在任何境遇下,都可能想到雪。

　　那个雪后的早晨,她的屋子里来了一群人,之后,他们去了邻村的墓园。早逝的朋友孤零零地躺在那里。雪让死亡变得遥远,好像那是发生在另一个世界的事。他们在墓园里谈论各种计划,计划之一便是未来某天要把死者置身的地方装扮一新,把荒凉的坟地改造成豪华墓园,要有石狮、石凳、汉白玉碑石,还要松柏常青,花开不败。他们想让世人记住死者,记住年轻而过早凋谢的生命。他们还蹲在雪地里拍照,相片洗出后,曝光过度的脸并没有想象中那么美。雪光映照下的身体也显得臃肿不堪。那时候的少年并没有属于自己的衣物,身上的衬衫、外套、鞋子、围巾等都来自别的家庭成员,式样老旧,质地差劲,不是过分宽大,就是把人箍得喘不过气来。那时候,他们的生命还没有找到独属于自己的状态,一切行为不过是模仿,连雪天墓园里的踏访也可归为此类。

很多年过去,墓园一幕被渐渐淡忘。她时常想起的是,那些人如何在雪地里艰难跋涉,一路问询,最终找到她的家。幸运的是雪把破败的屋舍完美地掩盖住了,提前藏好了。当他们来到她的屋子外面,看到的只是雪,洁白的、覆盖一切的雪。这也是她这么多年来热爱雪的原因。她不能让人看见自己住在一个破败、肮脏的地方。她所有的努力不过是为了住到更好的地方去。

后来,一些离家出走的人成了她的朋友,他们不仅有相似的遭遇,还热爱雪。下雪的时候,城市和乡村的界线消失了。过去和未来的界线也不复存在。在雪地里,只有今天、现在和此刻。人们走出屋子,找到那些雪,又看着它们在眼皮子底下慢慢融化,彻底消失。

她的几个舅舅都是在下雪天结的婚,好像这是上天的有意安排,让雪花飘荡在婚礼现场,给新人送去别样的祝福。她终究没有询问母亲,她与父亲结婚时是否也下雪,这涉及生命源头的问题,让她难以启齿。她只在童年有幸参加过小舅的婚礼,鞭炮炸出的红泥溅落在皑皑白雪上,煞是触目。在没有冰箱保鲜、物质又匮乏的年代,人们会择大寒前后举办宴席,又恰逢雪天。穿红嫁衣的新娘在雪地里冻得瑟瑟发抖,同行的伴娘们为逃避鞭炮轰炸在陌生的村街上东躲西藏。面对慌乱逃窜的场景,男人们乐得拍手大笑,好

孔雀的呼唤

像这是无上荣耀,是婚礼带给新娘和伴娘的荣耀,也是雪带来的。

从那时起,她便对女子出嫁路上可能遇见的事情感到忧惧。那个世界无所逃遁,鞭炮声能把人的耳朵震聋,把好端端的身体炸成碎片,而雪地又那么冷,雪的世界无处藏匿。如今,她所担心的问题早已不复存在。食物的保鲜问题获得解决后,人们很少在雪天里结婚。但与冬天有关的记忆依旧刻骨铭心。她固执地认定自己来自一个寒冷的、屋檐下悬垂着冰柱的地方;当世界变冷的时候,她担心的永远是家里那边的人。这种噬骨蚀心般的担忧不会随时间流逝而终止,好似她的身体里有一条隐匿的通道,时刻向着过去狂奔。

这天黄昏,她站在十一楼。窗下是横向移动的布景,塞满、清空,又塞满。他们已在途中,离此越来越近,随时可能推门而入,将她从深陷的往事中打捞出来。就在此刻,她的手机忽然响起。有人从老家给她打来电话。那天下午,打电话的人路过她的村子,被人指点着知道了她从前居住的地方。

有两间房子,一间在河的西面,另一间在河的东面。有两棵树,一棵是栗子树,还有一棵是橘树。它们都是她过世的祖父栽下的。她父亲早逝。祠堂的石碑上刻着兄长的名字。屋宅的门楣上还留着儿时的涂鸦。那个地方的人都认识她,熟悉她的一切,哪怕她早已离开。

打电话的人好像站在一处高高的坡地上,他居高临下,诉说一切,什么也逃不过他的眼睛。事情一目了然。她日夜担忧的人早已不在那里了,祖父走了,祖母死在一个温暖的冬天。在她的家乡,赶集的人成群结队,而死者总是独自离开。死者离开的房间,旧物满满当当,蔚为壮观。母亲的嫁妆也堆放在二楼卧房里,从前归祖母使用,现在无人问津。她带回一只画着梅花和兰草图案的箱子,箱体散布着隐约的蛀孔,底部有明显的磨损痕迹。她将木箱当茶几使用,在上面搁置花瓶、咖啡杯、绿植和石膏头像,让阳光和尘灰也落在上面。

但她无法带走那些寒冷的日子,它们还留在那里,民间故事里的鬼怪精灵也留在那布满孔隙的板壁里,连同里面活跃的虫蚁一家,而房屋产权的最初拥有者以及故事的讲述者早已长眠地下多年。她长满冻疮的手指,冻得像红萝卜一般的手指,还在梦里拿取那个屋里的东西;它们小心翼翼地抚过尘灰密布的瓶瓶罐罐的表面,童年的美食正躺在陶瓷的底部,散发出甜烂、温暖的气息。它们是柿子晒成柿饼之后所漫溢出的气息,也是雪后灶膛里被炭火煨熟的红薯气息。

那人挂了电话,叫她回去的时候别忘了告知。她感到一阵恐慌,好像在返回途中被人撞见了。每年总有一些日子,她要回到那里,就像通缉犯,小心翼翼,避人耳目。不敢大肆宣扬,大张旗鼓。她总觉得,他们现在生活的地方与自己回忆中的领地,并不是同一所在。它们让她感到陌生。尤其是那些处于成长期的孩童,与外面的人没什么两样。他们也在补课,也沉湎在电脑和手机游戏里,也睁着茫然的眼。

她的童年生活已然成了不可复制的珍藏。此刻,那顶钩花毛线

孔雀的呼唤

帽忽然浮现，它与被露水打湿的迎春花属同一色系，是姨母精心钩织作为生日礼物赠予她，最终被弄丢在进山的公路上。父亲后来回忆说，有一辆大货车中途停下，司机下车捡一样东西。或许，他捡的就是那顶帽子。

那段时间，她老是看见一个与她差不多年纪的女孩正戴着她的帽子，走在漫长的上学路上。女孩有一段孤独的、不被人关注的童年岁月，作为货车司机的父亲常年在外，母亲又忙于生计，无暇顾及。在她成长的年代里，这样的女孩到处都是。她和祖母生活的院落里就有一个，那女孩比她还小一岁，在母亲喝农药自杀后，便从学校辍了学。她姐姐也辍了学，同年嫁给瘸子理发师。几年之后，下雪天，女孩从打工的城市回来，将男友也带了回来。女孩的男友不瘸也不残，个子还高她一头，戴着黑框眼镜，透出几分书卷气。她为女孩能找到这样的男友而高兴。她的母亲则为女孩死去的母亲感到高兴——她们来自同一个村子，一起割过蒲草，纺过棕榈线，养过长毛兔。

那年冬天，大雪将女孩和男友滞留在村子里。他们克服拘谨与羞涩，像真正的情侣那样手牵着手，走在咯吱作响的雪地上。看见的人都说在村庄的历史里，从来没有青年男女在众目睽睽之下手牵着手，连去厕所的路上也没有将手松开。沉浸在幸福中的女孩对人们的议论置若罔闻。她在收获一束玫瑰花的同时，也得到一个晶莹剔透的名字，男友用树枝将她名字中的最后一个字写在雪地上，还在边上画了一颗心。从此，女孩甜美的笑容长久地驻留在她的记忆深处，连带着那个写在雪地上的名字。

此后很多年里，女孩和男友的故事再也无人提及。她的弟弟还在村里，她的父亲也在，唯独她缺席了。当年，女孩的祖父，那个说话漏风、步态不稳的守林人捡到哑巴女人，并将她送给自己的儿子做老婆。哑女人在女孩父亲死后通过互联网被自己的子女接走了。在女孩的父亲死去之前，她的祖母就死了，死前据说失心疯了。

这些事情发生时，女孩都没有回家。

当走在逐渐枯竭的故乡的河床上，她真正想要遇见的或许就是那个女孩。大概自那个遥远的雪天后，女孩再没有现身。倒是留在家乡的女孩们不时出现在同学聚会上，给她带来往事模糊的气息。时间流逝，雪地里手捧鲜花的少女被焦虑、慌乱的中年妇女所取代，女孩们成为木匠的妻子、泥水匠的管家婆、快递送货员家里的贤内助，或者干脆有过不止一任丈夫。她们的脸躲藏在廉价人造皮革大衣和浓妆艳抹里，再没有一丝当年婉约、羞涩的样子，唯有夹杂在普通话里的乡音带给她一种熟悉的恍惚感。

当年寄宿制学校食堂里铝制餐盒发出的哐当声，井台边的嬉笑声，台风与洪水共同制造的咆哮声——她眼前浮现的还有某年冬天，她们在后山茶园里打雪仗。冰冷的雪团子击打在后脖颈上，凌厉的风刀刻般刮在她脸上，好像那是域外世界，不被时间之手掌控的地方。她们奔跑着，喘息着，口里呼出欢快的热气。茶树的叶子漆静碧绿，自带光泽，底下泥地湿漉漉的，好似树木呼吸时喷出的暖气。她们将叶片上的积雪揉成一团，胡乱抛掷着，雪团子飞过头顶,撒落一地。打雪仗的队伍中都有谁,她完全想不起来了。而手心里的烧灼感,冻疮在温暖环境中的酥麻和胀痛感,也早已被处于舒适状态中的身体遗忘。

记忆如筛子,筛网上留下的全是怆然与伤痛。

聚会上的面孔倏忽而过,只有一人因记忆的牵扯而永久留下。少年时,大雪纷飞的夜里,她们被滞留在长满香樟树的村子里。室外竹林里,树枝发出折断声,暖融融的室内,她们围炉夜话。青春期的絮语比屋檐下的雪水还要漫长, 似乎那些没有说完的话还能择机续上,只要来一场雪就可穿越回去。

此刻,前往十一楼集合的人群中,没有人知道她的过去。他们对彼此的过去一无所知。这才是一年年的欢聚得以进行下去的根本。

但那个叫米的人不在此列。她们见证过彼此梦想的破碎、初恋的难以为继以及初入社会时的狼奔豕突,但没有参加对方的婚礼,也没有见证各自鬼哭狼嚎、兵荒马乱的婚姻生活。当她们再度见面时,两人家中的小孩都已长成她们初识时的年纪。米的女孩,暂且称她为小米吧。小米在吃一种叫麦普替林的药,广谱抗抑郁药,奏效快、副作用少——被网上问诊的医生推荐可长期服用。在小米的身体里住着一个人,那个人老要和她说话;她上课、走路、吃饭时,那个人都在说话。有一天,她哭了,说再也不想和那个人说话了。小米十三岁。她和米也在十三岁那年认识。米给小米讲十三岁时喜欢的男生,有一个长得很像台湾歌手吴奇隆,还有一个像苏有朋。吴和苏都是同一个乐队里的成员。那个乐队叫小虎队。小米既不知道那个乐队和那些人，也毫无兴趣。小米不想说话，可她经常发出那种笑声——无缘无故的大笑，让人恐怖的笑，好像有人在梦里与她诉说着从未有过的开心事。十三岁的女孩，大都长着一双美丽而哀伤的眼睛，这个世界让她们难受——她们还没做好准备，难受的事就来了。

她的身边也有一个十三岁、即将进入青春期的女孩，精灵般美丽的女孩。她不得不强迫自己以母亲的角色来武装自己。有时候，她很难想象这个女孩是由她带到这个世界上，那张孕育生命的温床就存在于她的体内。这个女孩好像不是来自母体子宫，而是来自森林。她不擅长在讲台上说话，视人多的地方为畏途。不得不如此时，她脸色通红，语速飞快，腿脚颤抖，说完了飞奔逃走，恨不得像兔子那样躲进草丛里。所幸的是她有随时可进入的世界，有好几个人物一直陪伴着她，听从她的召唤。她不需要浪费一张纸、一句话就能与他们交流。她总是对女孩说，你把它写下来啊。女孩的反应是干吗要写下来，在脑子里放着就好了。她承认女孩说得对。她们对这个世界的反应截然不同，但她知道小孩永远是正确的。

她总是试图去那个世界的窗口窥探一番——那个带着生僻词汇、特异功能、科幻与悬疑混杂的世界，到底有何奇异之处？但她很快发现，那个世界只属于这个十三岁女孩。她既无法跻身其中，也很难了解其运行规律。它大概毫无规律可言，只在出神片刻、睡梦前后、无聊至极时偶尔出现。她甚至并不了解女孩召唤它的方式。

　　　　　　　　　　　　　孔雀的呼唤

自从将草籽夹在书页里,将石头染上颜色后,那个世界便在那里等着她,没有任何人可以占有它。

她忽然对所有十三岁女孩产生深深的嫉妒。她也嫉妒曾经的自己。那时候,她在每个白天漫无边际地闲逛,夜里也如此。夏天最热的时候会有晚霞。睡在一个墙壁上贴满星星的屋子里。可以跳绳,可以攀登,也可以去采摘树枝上的花。河边的梨花发出荒寒的气息。鳗鱼躲在大石块下。螃蟹在雨后的沙滩上奔窜。碎玻璃会割破她的脚后跟,父亲疾速的自行车后轮也割破过她的脚后跟,她被带去诊所里缝针。有人从监狱出来,带着苍白的脸与木讷的表情。还有人吹着口哨一点点走出自己的家门,再也没有回头。

她的十三岁兵荒马乱、溃不成军,好像一切马上就要结束。所有人都在等待花朵变成果实,种子快快发出新芽,通往外界的高速公路及早通车。她也开始学习外语,苦练各种答题技巧,在家和学校之间来回奔跑。

她还在雪后的茶园里飞跑,跑到水库边、寺庙里、大树下。她从十三岁跑到二十五岁,直到遇见这个女孩。她还能想起女孩诞生的那天早晨。台风过后,夏天的早晨,经过一夜生产,她汗水涔涔、精疲力尽。她们并排躺在产房明亮的灯光下。她侧脸凝望着那个红彤彤、皱巴巴的小生命,恶作剧似的伸了伸舌头,没想到刚刚出生几个小时的女孩——不,女婴也照做了。她感到欣喜,脐带被剪断了,婴孩脱离母胎,但她们之间最深切的联系却从此开始。

这些欢快的记忆只属于她一人,女孩本人一无所知。而关于她生命之初的那部分记忆也由母亲独自保存，就如手风琴风箱上的褶皱式结构，独白与音乐从来都藏匿在最深暗的角落里。

最初的陪伴之后，人们总要独自上路。

此刻，工作室的主人已经回来。她带来甜米酒、青梅酒、果子酒，或许还有雪花牌啤酒。她们坐在十一楼窗前，等待朋友们的到来。他们中有人已经将车子开进大楼底部的停车库，就要进入电梯。她似乎听见电梯上行的声响。他们将携带更多的美酒与欢声笑语而来，与飘扬的雪花一齐到来。她忽然发现自己对这一刻的来临如此期待，几乎超越了一切。

这里，没有人知道她来自哪里，就像无人真正了解风和雪花的来处。但每年冬天，所有关于雪的预告都会落到实处，无一例外。她开始想象雪后的世界。雪会将众多世界变成同一个世界。它让一切停止，也让一切永远存在下去。从来没有失去过什么，至少，它们会在下雪的时候回来。

去旷野

一

　　江南的春天过去一半时，她踏上北上的列车。六小时外的世界，春天刚刚启幕，花事却更为纷繁和动人。玉兰花树照亮路面、台阶、角角落落，月下漫步，辨不清是花影还是月影。此地的梅花、桃花与杏花均已陆续绽放，枝上花瓣云蒸霞蔚，宛如夏日暮晚时分的天空。

　　在这里，她拥有独属于自己的空间，无须与别人共享，当双手伸到水龙头下，哗啦响的水声就会自动落下；当深夜漫步于花树和楼宇之下，星河于抬头的刹那闪耀。连鸟叫声也别有深意，好似远去之人的嘱托或低语。每个屋子都有一扇很大很大的窗户，云彩与天空的奇异组合总在午后和黄昏时分轮番上演，变化莫测又无穷无尽。初来乍到者的惶然很快被抚平，既然有那么多时间，完全属于自己的时间，正好可缓慢地品咂，并深陷其中。

事情发生在那天傍晚,整理房间抽屉时发现一只牛皮本,封面是"韩熙载夜宴图",画着灯光、人影与屏风,还有似有若无的音乐声——那分明是琵琶奏出的清音。其实刚来那天,她便看见了它,还以为是酒店房间常有的类似"住客意见簿"那种本子,并未过多留意。

　　她就那样随随便便地打开了它,看见了那上面的字,每个人占据一页或几页不等,书写之日便是告别之时。书写者皆是这个房间的寄居者,如同此刻的她。她坐直身体,一页页翻看着,好像时间在她手掌里流逝,进度条被无端拉快,越来越快。所有留言者似在诉说同一件事,关于时间、关于它在这个屋子里流逝的样态,他们措辞隐晦,模棱两可,就像醉汉的胡话。最后,很多人在纸页上留下联系方式,一长串号码,似有千言万语要与后来者诉说。

　　她不知道这是谁的主意,让每个寄住在这房间里的人都写上几句话,那些话将代替他们在此等待与后来者的相遇。从推开房门的那一刻起,她也成了其中之一,时间流逝中不可或缺的一环。这种感觉颇为奇妙,好似不同时空里的寄居者就此拥有某种牵连。

　　无疑,生命中那个不告而别者也来过此地,也在这巍峨的楼宇里行走过,也走在这样的春天以及即将到来的夏日暮色里。他住在哪间房,窗户又朝向何方?她一无所知,又好像什么都知晓。院子里的拴马石、雕塑和银杏,大概会让他想起故乡荒野里的巨石与苹果树。他向她描述过苹果树,深山老林里孤零零的一棵,枝上果子不断成熟和坠落,却总也落不完,好似白天落下的果实又在深夜重返枝上。还有星空。他说最美的星空出现在寺庙上空,其次是荒野、河流、森林和牧场,离人类越远,它们越呈现出无与伦比之美。

他向她描述的那个世界就像此刻窗外的天空与云，她仅仅是看见了它们,却无法触摸和身临其中。他总是说,这世上没有一成不变之物,我们要适应它。

所以,当离开时,他甚至没有告别。群发短信看到时已是几天之后,打电话过去,耳边只剩嘟嘟的忙音,不几日便是空号。一切戛然而止。他将她和人群隔绝在岸上,自己登上岛屿,也有可能是船,趁着茫茫夜色泅渡而去。

他曾经有过的梦想不是写诗,而是成为一名船长,一生浪迹在苍茫大海上。他们就是在那次海上采风途中相遇,她看见穿蓝色衣衫的男人站在船长室,以腼腆而飞扬的表情招呼身边的浪花。如果他们相遇于某次深山徒步途中,或许会是另一番场景,彼此的帐篷会挨得很近很近,像雨后深林里两朵巨大的蘑菇慢慢长到一块;而头顶之上,那些比木瓜还大的繁星正好可以用来佐酒。

这些诗意化的语言不仅是记录和阐述,更是安慰。现在,连问候的时光也已远去,原本熟悉的人变得不再真实。某一日在微信朋友圈里隔着屏幕再见,他目光苍茫、醉意恍惚,不知遭逢了几世几劫。她似乎看见醉酒的人,正沿着家乡的湖岸通宵达旦地奔跑,她听见星子掉进湖水深处,翻卷起巨大的浪花。

来这里后,她不止一次闻到酒精的气息,这气息就像真正的火焰,纸包不住它,流水无法熄灭它,连时间也无法减损它的热力与光芒。她不断地想象它,直到周遭的空气里都充斥着它。

二

很多年前,她还只有十三四岁。一天深夜,有人坐在学校实验室外面的水泥平台上饮酒、哭泣。那是她第一次从同龄人身上闻到酒精的气味,那个身形瘦削的女孩,有一对黑白蝴蝶般闪烁、动人的眼睛。女孩吞咽白酒的表情很像在吞咽一团烈火或一把刀子。那段时间,女孩喜欢上一个男孩,经常埋伏在他上学路上,还在他回家的路上偷窥他。为了吸引男孩的注意,女孩在紫藤架下表演独舞,还在井台边梳洗长长的像女巫一样的头发,当这些都无法奏效时她便开始酗酒。那种小瓶装的白酒——红星二锅头,被女孩当救命稻草似的攥在手里。那时,她还弄不明白一个人为什么要以如此惨烈、自毁的方式说出真心话。

每当女孩喝了酒,那个男孩就会出现在身边,出现在实验室外面的水泥平台上,好像酒是一种致命的召唤,没有人能抗拒它。初夏的夜里下了小雨,雨水打湿水泥台阶,他们就坐在台阶上淋雨,似乎雨并不存在。男孩或许也喝了酒,或许并没有,但他完全被女孩吸引,深陷其中。当白日来临,一切又变了,男孩很快对自己的行为感到后悔。尤其是他的父母特意从外地赶回,让他和这个安静而疯狂的女孩断绝关系。男孩开始躲避女孩,绕道而行。一开始,女孩只是躲在角落里偷偷地喝酒,并将酒瓶子藏在书包里,后来,连晚自习的时候女孩也会哭着哭着便喝起来。酒味开始在书桌和窗台间弥漫,所有同学都知道了,连老师也知道了。她为女孩的处境感到担忧,就像某段隐秘的往事忽然被揭露出来。

后来,当她的生活中也出现一件棘手事,马上想到女孩当年的行为。她没有当众饮酒,只是把自己关进黑屋子里,酒瓶就在触手可及处。她小心翼翼地旋开瓶盖,快速喝了一大口。没过多久,她的脑袋开始旋转,连同天花板一起转,意识却是清醒的。黑暗中,她开始流泪,那些眼泪好像瓶子里的水因为某种外力的作用渐渐晃荡出来,也有可能是被什么东西顶了出来。

她听见自己的哭声在黑暗的房间里响起,颇有些吃惊。酒精没能让她忘记被冤枉的事实,当他们都站在她的对立面,反对她、质疑她,她感到沮丧、无力、欲哭无泪。现在,她终于顺顺当当地哭了出来,就像深海潜伏已久的人露出海面吐出一口长长的气。

她一边哭,一边回忆往事。当年,女孩失踪的当晚,她做了一个梦,梦见女孩游过大海,瘦削的身形像桨,在海水里自由摆荡。女孩爬上礁石,大声而兴奋地告诉她,自己终于找到好地方,可以将所有烦恼冻结起来,待长大后再去开启它。

女孩到底没能等到长大,瘦小的身体被人从湖底打捞上来,并在某个下雨天被埋进永远无法激活的深渊里,她见证了全过程,没有花瓣,泥土和雨水落下的刹那,感觉自己的十四岁也被埋了进去。

那年初夏,雨一直下个不停,天空一会儿明亮,一会儿晦暗,很多事物都在变质和腐烂。她的英文课本被人扔到屋顶上,雨水让里面的字母全部长到一块儿。她在课堂上不可抑制地哭泣,好像某种重要的东西被遗失了。周末到了,她骑车路过埋葬女孩的山冈,有一种果实在雨声中悄然变黄,在桑树和枣树之间,她一眼便认出了它。

多年后的春天和初夏,她又在这个北方的院子里看见它。但它们不是家乡山野上的梅树,而是北地的杏,尽管两者果实的形态很像,同属于古老的蔷薇科李属。

每日午后和黄昏,她从异乡的杏树下走过,也像是从以前的梅树下走过,青灰色果皮在绿叶中闪耀,或干脆与树身融为一体,浑然不可见。与此同时,时间也在悄无声息地溜走,枝上果子由青碧转至橙黄,再慢慢泛出微茫的红,好似光影所为,并非来自时间之手的酝酿与催化。有一天,当她再次从那树下走过,忽见满地落果,仰头望去,果子毫无征兆地落下,决绝地奔赴大地。当深夜,当无人经过时,它们还在不断落下,直到将枝上存果落尽。

三枚缀着叶片的杏果被她从地上捡回,置于离别的房间里,作为一切消逝事物存在过的凭证。可连它们也是会消失的。好在这个房间从不曾寂寞,不断有人离开和到来,它是旅途中的驿站,是短暂的梦游地,或许还会被某些困厄者当作冥冥中的庇护所。它不断见证着每个个体的到来与离开,房间内外发生的故事也成了它隐秘故事的一部分,但真正的故事却无法被记录和分享。

三

　　当三个月的时间进入倒计时的最后几天，她感到某种虚空，于白日睡梦中醒来这种感觉尤甚。她要花很长时间才能确认自己身在何处。这些年，从童年逼仄的住处到求学时的集体宿舍，从旅途中的房间再到固定的家，那种浑噩感总会不期而至。十六岁那年，面临升学压力的她便被这种巨大的虚无笼罩，第一次知道时间流逝带来的惶恐感或将主宰她的一生。

　　一种无忧无虑的生活从此远去，再没有什么能让她的快乐和满足维持很久。倒计时的感觉不断被渲染和强化，连树上的杏果也在制造这样的印象。此地的时间已步入尽头，果实也迎来最后的丰盛期。那样热烈、饱满的日子，他们在庆祝父亲节，而她毫无感觉。她早已失去父亲，此生再也不必承受丧父的打击。当然，父亲也无须再死一次。很多年里，没有什么比这些事实更能安慰她。

　　此刻，她倒可以放心大胆地回溯往事，追寻父亲离世前的种种。任何生命的结束大概是有征兆可寻的。她想到家中的老狗，还想到父亲的酗酒。狗在咬了邻人之子后，被家人锁进地下室，日夜哀嚎不休。在母亲的转述中，这只失去自由的狗成了烈士，不自由，毋宁死，且是速死。

　　狗被锁进地下室时，父亲在做什么？母亲说他几乎喝光了家中所有藏酒，连料酒也不放过。在幼儿期，她曾被父亲引导着喝过酒，在一些热闹的夜晚，也在一些需要纪念的日子，父亲的筷子蘸了酒水,放于她的舌尖。当她皱着眉头哭笑不得时,父亲则在一旁以筷子敲打瓷碗,哈哈大笑。因为父亲的恶作剧,她比同龄人更早品尝到苦味和涩味,但这并没有让她爱上饮酒。酒是那样一种东西,它让默不作声之人忽然获得某种力量的庇护,也让理智的人变得癫狂,失了心性。酒让父亲眼睛里的血丝越聚越多,就像灯盏刚刚熄灭时里面闪烁发亮的钨丝。深夜,醉酒的父亲在屋子里走来走去,像困兽,像地下室铁链锁住的老狗,睁着红眼睛寻找脚下的路,却根本无路可走。她的哥哥,那个荒诞、堕落的年轻人——成了父亲最大的心病。父亲咆哮怒吼,无能为力,幼稚到要与亲生儿子断绝关系。这自然办不到。除了饮酒,他毫无办法。他在去上班的路上喝,到了夜里更是狂饮不止。那些酒液一点点进入他的身体,就像河流流到地底之下,在暗无天日的地方流啊流,谁也不知什么时候是个头。

地下室那条彻夜嘶吼、把铁链咬得血迹斑斑的老狗,终于被人注意到了。他们在村子里烹煮狗肉时,父亲躺在床上呻吟。他病了,酒精让他的肝脏出现硬化、板结,功能尽失,就像一块失去蓄水功能的田地。当他们把撒上葱蒜、孜然的狗肉端到家中时,父亲已奄奄一息。

父亲的生命进入倒计时。那时候的她仍在异地,每天上班途中路过一座公用电话亭,她毫不犹豫地推门而入,去拨打那个号码。它通向父亲的病床。电话机就摆在父亲床头,接电话的人总是他。安慰话早已说尽,她感到言辞的乏力,但总有一天,连这样的乏力感也会消失。父亲的声调一天天低微下去，沉默不时出现在通话间隙。可能是疼痛。父亲常常痛得说不出话来。母亲的言语中也不断出现"倒计时"的暗示，这让她觉得不悦和刺耳，但无法阻止。

尽管她和母亲都有所准备，还是没想到这一天来得如此遽然、迅疾。她眼睁睁看着他们将父亲抬走，装进那只冰柜里，又从冰柜里抬出，入了最后的火炉，几个小时的炽焰焚烧后，被塞进一只小巧的、雕花的木匣子里。死去的肉身在不同的容器里进进出出，变换不同形状，越来越紧缩、轻飘，趋近存在的实质。没有告别，没有眼泪和呼天喊地。她默然见证这一切，不知痛苦为何物。之后，她用了无数个白天和黑夜，整整十二年时间，才让自己学会遗忘。她什么也没做，只是等待，让这一切自然过去，酝酿、发酵、转化，最终幻变成台风天气里的一朵云。

躺在这个北方的屋子里也能看见云。被雕刻的云、飘荡的蓝丝带以及晕染、层叠的墨色云层，后者或将带来瞬时的降雨。北地逗留的最后时日，日子在看云与听雨之间切换，午后或临近傍晚时的雨声近乎乐声，近乎深夜酒杯的碰撞声，近乎某些被虚构的时光。她将它录下，反复播放和聆听，就像提前聆听一场告别仪式。

她与父亲的单向度告别持续了十二年。如此漫长的时间，不过是枕边连续不断的梦境，从绝望呼喊到逐渐淡去。她任那个根深叶茂的世界一点点被时间之手拆成废墟。某一日，她在电影院里借别人的故事实现了与父亲的重逢，并真正道了别。当年，噩耗传来时，她恰在电影院——那个观看他人故事的地方流连。这些并非全然无迹可寻的场景,在今后的日子里还将不断回来,或以文字,或以梦境,但终究无可挽回地暗淡下去。

四

·

没有比离别之时更接近时间流逝的本质,恍惚、惶然、局促不安,时间被扭曲或篡改,日常的一切看起来如此不真实。

三个月的时间快进至最后一天,终于轮到她来书写留言。一切恍如昨日,玉兰、云彩、北方的星空似乎仍在头顶之上闪耀。由春及夏,日子好似变戏法,消失又重现。但终究一无所见。坐进许多人坐过的圈椅上,她仪式感十足地拿起笔,脑子却近乎空白。面前的影青菊瓣盘上落着几枚杏果,采撷自窗下之树,闪烁着橙黄光晕,闻之有隐秘香气。但它们实在太过酸涩,几乎不能食用,就像这离别带给人的印象和滋味。

在这房间里,她无数次醒来,凝视窗外煌煌烈日陷入茫然与虚空之境。这个城市的白日很长,夜晚却如此短暂,凌晨四点多天便开始放亮。好多时刻,她睁着眼睛见证白天和黑夜的无缝对接,天不是一点点亮起来,而是在某一刻突然变得明亮,就像窗帘被风吹开。她无法把三个月里发生的一切同时搬到脑海,有些在离开之前就已淡忘,有些或将在未来某日酝酿起新的风暴,还有新的希望与憧憬。当思绪陷入停滞,她不得不借助手机里的相片来回忆,但她很快发觉记忆并不站在图片那一边,更多瞬间根本没有被记录和拍到。

她不知如何下笔，即使掌握所有碎片，也无法拼凑出一个更完整、更动荡的世界。况且，身处这样的真空与恍惚里，她还能想起什么？有一位记不得名字的物理学家曾说过，"已经发生的一切都是分子，未来的一切都是波浪"。她并不知道这话在物理学上的确切含义，但莫名地被"波浪"二字感动，好似看到了那种流宕的气势，它们将这个世界一遍遍、永不停歇地更新下去。

她隐隐地向往未来的生活，就像夜行人憧憬林子那头的亮光，只要抬脚跨过去就能看见。如果所有人都在这本子上畅所欲言，像是参与同一本书的书写，是不是属于这房间的精神铁环就可以一直滚动下去？

她想了很久，终究没写下什么，连联系方式也没留下。好似一旦写下便是默认和参与了此种集体行为。这是她应该警惕的。此刻，她猛然意识到，所有留恋与不舍的背后都存有厌弃、警惕和自我怀疑，事实并非想象中那么光洁和完美，是倒计时的存在让她迷惑，让她遗忘了基本事实，以为所有会终结的日子都是假期，而一切假期天然地值得哀悼和怀念。

此刻，那个人也来过这里的事实逐渐被她遗忘。或许，他离开此地时并没有想象中那么伤感和不舍，他在任何地方——山野、寺庙、江河湖海，甚至废墟之地，都比这里自在和欢脱得多。

她在说服自己离开，既然这是毫无悬念之事，既然它只是时间上的转折与偏移，而非终结。在这里，时间的划痕所留下的远不止三个月——它更长或更短，都有可能，因人而异。由于还未找到更好的语词去描述它，印证它，她只能保持某种限度的沉默姿态，并决定一直沉默和等待下去。

真正让她触目的是，短短三个月居然留下那么多东西。抽屉里、桌面上、衣柜深处，满满当当，都是她的日常之物。止痛药、B族维生素片、蒸汽眼罩、防晒用品、化妆水、面膜、饼干、液体咖啡、耳环，最多的是各种书籍和服装。她真不知道自己曾像蚂蚁搬家那样搬来这么多东西，好像要在这房间日复一日永久居住下去。其实，她的生活根本不需要那么多东西——除了鲜花，后者才是日常生活中唯一需要不断更新的事物。轮流现身于这个房间里的鲜花计有芍药、蔷薇、玫瑰、茉莉、雏菊、洋桔梗等，她都一一拍照留存了。此刻留下的是一小束已呈枯萎状态的白玫瑰，幽香不再，却还带着挣扎的小刺。

她想过大醉一场后再离开，但她的状态已近酩酊，无须多此一举。当宣告最后时刻到来的仪式结束时，她分明感到如释重负，深夜里的失眠与煎熬即将转移至另一房间里进行。她要回到过去的生活里，那些生活或将以新的面目迎接她。

彼得·汉德克的诗句——"我走向窗户，我被打开了"，她主动走向告别，心无旁骛，喜悦和痛苦交替碾过心头（歌德语）。记忆中的场景在回首的刹那变得清晰，充满颗粒感，但早已无从捕捉、稍纵即逝。

终于，整个世界只剩下她，如此熟悉的场景。

五

　　她习惯坐火车远行,从此地到彼地,也可以去更远些的地方。当看到车厢里不断涌现的人群、完全陌生的脸庞,她会忽然不安,似乎那些已然终结的故事还会重新开启,早年离去的人还将再度回来。尤其是当薄暮降临,太阳落下不久,月亮出现在云天之上——如果此刻她的火车正驶过郊外的桑树林,夕光照耀下的池塘很像她小时候生活过的村庄,房前屋后的景致如此熟悉。

　　好像过去还在路边等着她,随时召唤她。

　　母亲总是问她,你为什么不写写父亲?这些年,她四处奔波,好像就是为了完成母亲的嘱托。她知道自己最终写下的不是当初想要书写的部分,更不是母亲及家人期待的内容。

　　对与父亲告别时刻的怀想一度充斥着她的生命,即使时间倒流,她也不可能做得更好。她说不出那些安慰话,也不能拥抱那个马上就要进入弥留之际的男人,她只是眼睁睁地站在那里,目光呆滞,将双手放入口袋之中,不知所措。当死别时刻来临,她干脆起身去了另一个房间,为了躲避哭声不得不将脑袋埋进被子里,因为过度疲惫她很快睡着了。

　　在这个世上,她常常感到孑然一身、无所依傍。那些一度让她觉得自由的事情,也带给她无尽的困惑。让她成为今日之她的那个东西到底是什么?此刻,她的世界只剩下车厢与铁轨的撞击声,没有重逢和告别，也可以说每分每秒都在告别，与窗外的草木，与刚刚写下的文字。

那天黄昏，火车在路过一个湖泊时停下。那里不是站点，或许是因为临时检修，也有可能是为了给别的列车让路，这样的事情不算离谱。

她走出车厢，走过一段坎坷的石子路，来到被青草簇拥的湖边。她不断回头，生怕列车忽然开走，将她遗弃在荒凉的地方。任何时候，她都不能做到完全融入其中，忘却一切。直到火车继续前行，她也平安地返回车厢，才想起女孩的脸。

那对黑白蝴蝶般闪烁、动人的眼睛仍在逐渐变得昏暗的记忆中放射出光亮。她几乎不敢相信时间已过去那么久，总有一天她的火车也会驶入女孩所在的国度，诗人露易丝·格丽克说过，"一天天很漫长，而一年年很短暂"，她原谅自己对女孩的遗忘，但她始终无法忘记醉酒的气息——那种危险随时会降临的感觉，以及那个夜里他们打着手电筒漫山遍野地寻找从晚自习课堂里出走的人。他们喊着女孩的名字，那个躲在松树或柏树后面的人或许听见了，并对自己名字所引发的风暴感到恐惧。女孩回不来了。据说在黑暗的夜里，只有湖水是亮的，它的深处更是充满强烈的光，引诱方向尽失的人一步步前往。

她自己何尝不是如此，曾被错误的光芒引导着进入沼泽之地，并长久地迷失其中。对过往时光的怀想让旅途变得漫长，好似过去的时间仍在无穷尽地延伸，过去之人仍一遍遍气喘吁吁地跑到眼前。

抵达之前，她还有足够的时间和耐心说再见。

黑暗中，她一遍遍地说着再见，但无济于事。只要火车还在行进途中，只要四季轮回，星河还在头顶之上闪耀，告别仍将持续不断地进行下去。

大湖

一

　　一开始,我并不知道这个镇上藏着大湖。它朴实、不起眼,甚至显得落魄。每天清晨,我穿过市中心、环城东路、火车站、尘土飞扬的 320 国道,沿途经过水泥厂、饲料厂、养殖塘,抵达镇上的中学。

　　寂静、荒僻,像是来到一处野餐之地。

　　学校围墙外便是农田,种着毛豆、油菜、雪里蕻、玉米,有成片栽种,也有零星出现在田边地角,作点缀之用。每次散步总能遇见劳作归来的老妪,深黝的脸庞,汗珠在额上滴淌,骑着农用三轮车,车上载着毛豆秆子和雪里蕻,与我们"窄路相逢"。那通常是午后时分,我和同事逃出校园,对着绿油油、黄灿灿的田地狠狠地喘出一口气。

　　一开始,我们只在学校周遭闲走,像孩童对着泥地里长出的东西指指点点,或在某一刻陷入莫名的沉思状态。有时干脆在那暖烘烘的泥上席地而坐,说些不知从何处听来的话,一些充满迷信色彩的话。

那时候,我依然不知大湖的存在,不知这片土地上的稻田、村落、屋舍都围湖而建,我们的学校也在湖边,此地的风俗、气候、人情都由它滋生。或许,我隐约察觉到什么,总想逃离严肃的课堂,走到蒲公英、马齿苋、灰菜、艾草的边上,走到一些有水的地方,那里——会有更多的蒲公英、马齿苋、灰菜和艾草。似乎有迹象表明田地和树林的那头有什么在涌荡着,它的气息属于一个亘古、悠远、寂静的世界。

通往湖边的路上,我遇见了棉花。

那是我第一次见到棉花。我当然知道棉布是由棉花做成,棉絮的唯一成分也是棉花,就像蚕宝宝吐丝结茧,最后被加工成丝绸。可是,我并没有在种植着豆荚和瓜果的庄稼地上,亲眼见过棉花像丝瓜、像西红柿、像豌豆那样,被一种锦葵目锦葵科棉属的植物结出果实来,宛如星辰、雪和白色玫瑰。一朵白花,居然可以成为衣服、被褥的制作材料,成为温暖的来源,成为冬日里的庇护所。它不是花,是花蕾状的果实,是奇迹。我蹲下身,双手触摸那硬质的、微白的、炸裂而出的絮状物,一嘟噜一嘟噜地绽放,很想将它摘下,带回家。究竟要多少朵棉铃才能做出一件衣裳,我想亲历那个过程——将棉花纺织成棉布、再变身为衣裳的过程。在我眼前,好似出现一条道路,从温暖通往温暖,从宁静通往更深的宁静。

这一切全因棉花而来,这比后来在异乡亲见牡丹、芍药、苹果树、厚厚的冰雪,还让我感到震撼。究其原因大概在于,它们是在去往大湖的路上遇见的,在一个秘密没有揭开之前,忽然邂逅了另一个。

无疑,湖就在那边,在田地和林子的那边,在繁星与白色玫瑰花的那边。走过盛开着朵朵棉花的田地,我来到相湖边。湖水扑面而来,像一个大而浑然的圆,占据了视域之内所有空间。透过翠绿的树冠、迷蒙的雾气、一垄垄田地,我看见了大湖。凝白色的水,灰绿色的水,一丛丛跌宕的水。大地上种满了水,水随时可能溢出,四处流淌、逃窜。其实,它们早已淌过隐秘的通道,流到更深、更远的地方,湖水流过的地方长出稻米、菜蔬、水井、屋舍、谷仓,长出清晨、花骨朵、女孩、露水,或许还有星空。但悄无声息。

泉水响叮咚,小溪会唱歌,瀑布激起震天巨响,这样的大湖,却不发出一点声响。只有在此生活、繁息的野禽,轻盈地飞翔,欢乐地啼叫,以双翅击打湖水,湖边的水杉、柳树不得不随之轻摇慢晃,窸窣作响。

我的家乡也有湖泊、溪流、水库,但人们从不在那样的地方行舟、捕鱼、采菱。此地却可以。他们不仅在湖上行舟、捕鱼、采菱,还住在湖的这头或那头,就像"白云深处有人家",就像"云深不知处",湖成了他们的隐居地、庇护所。野禽们也住在大湖里,它们在芦苇丛中筑巢、产卵、繁殖,它们想以实际行动告诉人类,一个处于野性生长状态的湖才是真正意义上的大湖。

二

　　这个镇子,后来改为街道,仍以七颗星命名。天上也有七星,将它们连起来,呈古代舀酒的斗形。我下载过叫"星图"的观星 App,在岛上、山顶和湖边都用过。后来,又悄悄地卸载掉了。我生活的地方,用不着这些。

　　当年,在七星镇,或许用得上。

　　那是 2006 年的春天和秋天。我在城市和村镇之间往返,在大湖和尘土之间切换着时间。我越来越不满足于穿过泥泞的庄稼地(有时候,并没有棉花),只看得湖的一角。我想看到更多的湖,处于不同光线下的湖,白色的绿色的湖,温暖的冻裂的湖。湖的呼吸、吐纳,湖的自我更新,我都想知道。

　　兴星路南北走向,将整个镇子,将沿街散落的饭馆、台球室、小卖部、五金店串联起来。我们去得最多的是饭馆。小镇的厨师将大湖的馈赠物端上餐桌,湖里的螺蛳、游鱼,湖边的马兰头、荠菜,以及湖上的光影、空气,皆为鲜美之品。从饭馆出来,我们步态微醺地走在兴星路上,春天的阳光和风一起来到我们身边,簇拥着我们,到湖边去,到湖水的涟漪里去。

　　大湖也在发出召唤。

　　很多年后,我依然记得那种感觉。我们兴冲冲前往的地方,好像不是某片具体的水域,而是多年来深深畏惧的所在。

　　六岁那年,我从湖边走回家,梦见湖是个窟窿。

九岁,深夜,有人扑通一声,跳进湖里,好似蒲瓜掉落水中。

之后好几年里,还是在湖边,那些人走得太快,把自己弄丢了。

我们被告诫要远离湖,远离漩涡,到坡地和山上去。

——那些湖不是大湖,只是一个个椭圆形的水库,深绿色的水停驻在山脚下,绿如翡翠,安静,深邃。只在干涸期开闸放水时,哗啦啦往下流,倾泻一空,湖底四脚朝天,毫无秘密可言。

那个春日午后,阳光和风酿作空气里的醇酒,白云在上头天真地应和,我拨开人群,由街道走向大湖,由闹市去往水边。脑海里已经有了湖的身影、湖的风姿,那是往昔岁月里所见的湖,大山怀抱里的湖,无知无觉的湖。

可相湖并不是这样,它太大了,甚至,我疑心,私底下,它还在不断地生长、扩大、漫延。湖水漫溢的地方,堤岸和水草做了让步,甚至田地和屋舍也在后退,给它让出位置。我感到恍惚。湖的表面缓慢、宁静、不动声色,可我分明觉得它在移动、扩张,有朝一日,它将离开湖岸,离开大地,向着远方奔流而去。

平静的水下,暗流涌动。就像北方大地,厚厚的冰层下,有水在流,有鱼儿在游,没有阻碍,没有挽留,一切都在奔向归途。

大湖底下究竟有什么呢?

我想起千岛湖,在那下面,埋着可不止一座城池。我总是对这样的事情感到震惊。多少年过去,湖底的屋舍里还亮着灯吗?浸没在水里的青山发生了何种变化?铁器早已锈迹斑斑了吧?镜子还能照出人影吗?都说明月照万物,可它能照见深邃的湖底吗?

大湖总是与大地相依傍，就像日月星辰、清风明月。它们一直在那里，永远在那里。可许多年前西北旅行途中，我看见一条河流在眼前瞬间消失了踪影。清晨时它还好好地流着，哗啦啦地流着，到了黄昏，那些水被大地收走，说没就没了。或许，它们只是更换河道，流到黑暗的地底深处去了。

通往相湖的路上，我看见很多水井。房前屋后，有废弃的，有仍在使用的。一个五六岁男孩站在井台边，怯生生地打量着井里的自己，脑袋探过去，又缩回来。他看见了什么？过去，在这个镇上，人们在炉灶上做饭，从井台里汲水，从那里舀出一桶桶白花花、甜津津的水，凉爽的水，冒热气的水，怎么也舀不完。它们来自大湖的内心，大地的深处。

在七星，大湖分明是大地跳动的心脏，而密布的河网，则成了人体动静脉及毛细血管。在大地的内部，一切都通达而顺畅，从这里到那里，没有限制，没有障碍，全都流在一起，一荣俱荣，一损俱损。

三

2021 年，3 月 27 日，我再次来到相湖之畔。

这次，我坐船进入湖心。

我们的船从湖边向湖心驶去，岸上的楼房、树木一一退去，对岸的一切并没有因此拉近。它们仍在对岸，仍是远的。我们的船被水包围,前后左右都不沾边儿,野鸭成了唯一的近邻,我们的船想接近它,它却回以尴尬的叫声与慌乱的飞翔。它只想逃离。四周都是水的领地,野鸭的平原,不是我们的。大湖的水肥,岸上枝叶还在新绿的幻觉中,我们真不应该来到湖上,湖是烟霞和滚石的乐园,游鱼和螺蛳的道场。

可我们已经在了,在大湖上了,由水托起船,由船托举着虚空。这一次,我们换了观看视角,看树木长在无边的虚静里,看人类呕心沥血建造的房子置于水的倒影之中,只有天光与云影徘徊在湖上,离我们近。如果是在夜里,那便是繁星与湖光共处一室。如果是下雪天,那便是湖光雪影照人心。

有一种说法,湖由天上美玉坠落人间而成,它是梦幻,也是财富。农耕时代,关于水权的争端从没有停息过。在我的家乡,尤其是干涸季节,水成了所有愤怒和焦虑的来源。从湖到溪流再至灌溉渠,水在奔跑,流量逐渐减少。那些陷于挣扎和裂缝中的稻禾,又没法跟着跑。它跑得太快了。浇灌不是目的,奔跑才是。为了让水驻留下来,人们可谓费尽心机。灌溉渠是为了中途截取水,成立水的分公司。水车与水碓的发明是为了让水改变流动法则,从低处引向高处。而大大小小的水利工程,则是在大地表面垒造起水的仓库、水的旅店以及水的栈房。

当炎热、缺水的季节来临,人们夜以继日地蹲在水边,护卫着它,防备有人盗取它,私自占有它。水是灵芝仙草、神丹妙药,可以拯救濒临干枯的禾苗,让枯槁者焕发生机,让奄奄一息者起死回生。我见证过农人们由水而起的争端,剑拔弩张,充满绝望者的凄凉。那是一个由水主导的领地,离水近,便是离食物和财富近。

现在,我们的船行驶在大湖之上,再也不必担心这些了。

所谓湖,便是四面都有陆地包围的水域。此刻有那么多水,无法被丈量的水,永远也不会枯竭的水,予求予取,应有尽有。少年时代,目睹过菩萨面前祈雨、烈日晴空下等雨以及为守卫水资源剑拔弩张,当看到大湖的刹那,心里感到莫大的安慰。在这里,再也不会湖底裸露、四脚朝天。

这是真正的湖,一个大湖,永不枯竭之湖。

相湖,它的水域面积达一百三十公顷,相当于一百三十万平方米,如果说一间人类的平房占地一百平方米,那么在相湖,这个水的圆形剧场上就可矗立一万三千间房子。我无法推算这个数字到底有多大,水波的颤动会不会让它成倍增长,就像一个数字的平方或立方。我只知道,一个人心里一旦拥有大湖,她的生命便再也不会枯竭。

这些无法用尽的水被湖储存起来,成为大地的风景。四面八方赶来的人,围拢在它身边,在此凝望和沉思。我想起有一年,在异乡,夜晚的森林里,燃起篝火,素不相识之人围着火堆跳起凌乱的舞步。舞会之后,我们结伴而行,迈着畏怯的步子,去往黑暗森林的腹地,准备迎接命运熟悉的战栗。

还有少年时的湖上泛舟。湖叫"小西湖",竹筏是农人以湖边竹林里的竹子为材料,以麻绳捆绑而成。竹筏上的身体彼此搀扶着,发出惊叫声,生怕坠入湖中一沉到底。被传说和谣言笼罩的湖,是深渊和无底洞,让人畏惧。关于湖底淤泥里藏匿着水鬼,关于水鬼由溺亡之人变成,试图将犹疑、张望的人拖拽下水……依然记忆深刻。同样深刻的还有流过竹筏表面的水,不知觉间已浸没脚背,那彻骨的凉意中至少有一半来自内心深处的恐惧。

此刻,船已将我带至湖心,圆形湖面中最安详、最神秘的部分。我又回到水上。如果会泅水,大可跳进水里,与水亲密簇拥,感同身受,那定然是奇妙的旅程。人无法进入一座山川、一块石头的内部,却可以与水同声共气。人类的胚胎时期便在水中度过,整个地浸没在水里。后来,与母体分离,与水分离,信任瓦解,恐惧滋生。我还能想起童年时,某个夏天的傍晚,我在一条僻静的溪流里,找到与水共存之感,宛如浑然一体。那一刻,我想象自己是一株摇曳的水草,一条青涩的游鱼,一粒藕色的沙石,如果融化了,消失了,便化作水,化作水里的游鱼、沙石、水草。万事万物都是水的一部分。

四

短暂的教书生涯结束后,好几年,我不再来相湖之畔。

我去往别的湖泊、大海。

有一年,我来到高原之上,岷江的发源地。那是去往九寨沟旅行的途中遇见,大巴车停在一处高地上,有人指着远处的山谷,白茫茫的雪峰,对众人说,看,那就是岷江的源头。

　　　　　　　　　　　　　　孔雀的呼唤

那是我第一次真切地意识到江河的源处，它不再是地理书上抽象的知识点。它让我将一条河流的全貌重新想象了一遍，一张清晰的水图由此被勾勒出来，随即又被飞溅的水花打乱。很多时候，一条河流着流着，便流到山体内部，流到地底下，流到谁也不知道的什么地方去了。但它仍在流着，昼夜不息地流着，每一处停顿、隐匿、拐弯都有其应遵循的轨迹，都让人触目心惊。我想学习一条河流的旅程，从发源地到奔流入海，河流所经历的一切我也想经历。

有一年秋天，我如愿来到黄河边，抵达时，已是暮晚时分。昏暗中，河水滔滔，像有千万支乐队在演奏。我驻足芦苇丛中。天色暗淡，风声四起，水的喧嚣却不见减弱。仔细辨认那声音的洪流，嘈嘈切切，似乎涵纳人间一切声响。

那一刻，我竟忘了自己所为何来。

大风中，我将手中的孔明灯燃亮、放飞，似乎是唯一可做之事。我一松手，它便飞了出去，慌乱，跌跌撞撞，像一只受困的大鸟，重新获得自由后，一路追随奔跑的河流而去。天上，地面，两股力量搅荡在一起，彼此对照、呼应。孔明灯很快从视野里消失，或许是熄灭了，坠到荒野里去了。我一阵揪心，想起《呼兰河传》里的河灯，灯光使得河面发光，又有天上的月亮映照在水上。它沿河而下，一路漂流，直到彼岸。

我的家乡没有放河灯的习俗。

祭祀之夜，我们将红色蜡烛插在热气腾腾的米饭上，诵经声嘹亮，烛火发出跳跃的光芒，照亮昏暗的楼板、蒙尘的戏台，宛如群星闪耀。

那样的夜里,河面也熠熠生辉,水光与月光,层层叠叠,分不清楚彼此。

一切都在流逝、奔走、前仆后继,没什么值得悲伤。

大地之上,白马夜驰,大河奔流,而湖泊更像生命的休憩,旅途中的驿站,在赶赴大海的邀约之前,它让自己在低洼处安顿下来。

我们总是走在去往大湖的路上。

它们是七星镇的相湖、西藏的纳木错湖、淳安的千岛湖以及家乡石马村里的"小西湖"。叫什么并不重要。不同的地域、海拔都有湖,任何气候都能孕育湖,有了湖,便有了缓慢、清澈、宁静的力量。而它们,迟早会蜕变成真正的海。

这些年,从我身上陆续脱离的事物,那些执拗、虚妄、傲慢、忧伤,都随流水,去了远方。我站在岸上,目送它们离去。

五

那段因疫情而全民隔绝的日子,我频繁逃离,去往相湖之畔。

在此之前,每一年,当大地刚刚透露春的消息,出门的念头即刻涌上脑海。我第一时间想到的就是相湖。它离我太近了,似乎转一转念头,就能够抵达那里。有时候,我只在那里停留十五分钟、半小时,似乎如此便能获得喘息和满足。

它不再是当年我在镇上教书时遇见的湖, 我总觉得它们是两个湖,出现在不同的时空场域里。它变得更大了,一望无际,树木参与了湖的建设,成为湖的一部分,把湖水的范围拓宽。还有房子,不断出现的楼房长在湖边,将湖围住,使得湖面又变小了。有太多的迹象表明,这世界变了,但湖还是湖。我不时出现在湖边树林里。当季节出现变化,树木开始落叶,枝条上长出嫩芽,花朵大面积绽放,我就让自己出现在那里。

有一年冬天,下雪了,我也去了那里。我走在湖边林子里,踩着林地上的积雪,整齐、挺拔的水杉密集地排列着,延展开去,造成视域上的纵深感,变硬的积雪又给人一种艰难行走的感觉。我感到自己来到另一个世界,一个与现实世界平行排列的世界。下雪让湖水远离楼房、汽车、高压线、人群,接近湖的本质。我喜欢那个时候的相湖,在湖边看见积雪的各种形态,就像见到梦寐以求的风景。

没有雪和湖水可看的日子,我坐在窗前看唯一的无患子树。这种树木常植于庭院或古寺里。无患子,意为无忧无患,佛经里提到的"一树一菩提",可能就是它。最美的是三月底、四月初,绿叶星星点点,一点点冒将出来。春光下,浅绿和嫩绿层层相叠,虚实相生,越来越明亮、清晰。新叶绽放的同时,无患子果一颗颗次第坠落。在此之前,每年的十二月底至次年三月初,枝上除了桂圆似的果子,都光秃秃的,叶片全无。

我忽然想起,湖水在每个季节定然是不同的。

美国作家梭罗目睹过它的变化轨迹,他在马萨诸塞州康科德镇的瓦尔登湖湖畔,生活了两年零两个月。他一生中所有的时间,可分为湖边的日子与离开湖的日子。前者对后者的影响，旷日持久，无法揣度。在我的生命中，迄今为止，有一半以上的时间都在城市里度过，对日日相伴的商场、超市、饭馆，甚至美术馆、电影院、剧场，向来缺乏心灵上的感应。它们都是室内空间，都被某种建筑材料所占据，没有变化，不会生长，充满着单调与荒芜的气息。

比起一块杂草丛生的狼藉之地，琳琅满目的商场更让我感到生命本身的匮乏与荒疏，或许与画面构成有关，被挤得满满当当的地方总是很难获得心灵的感应与共鸣。比如，地铁、公交车以及摩天大楼，肯定比不上冬日旷野里一棵枝叶凋零的大树。心灵向往的是湖畔、溪边、树林里，物理空间里的空旷之地，更多的草木植被，更多的光影交错，更多的真实存在，每样生物都在自己的角色之中，面临各自的选择和境遇。

很多年后，我重返少年时游玩的湖畔——"小西湖"，那里已然成了资本追逐的场地，各种水泥设施、塑料产品、塑胶跑道，一应俱全。当自然成了景区，湖泊成了打卡地，人们对自身所处的境地越来越缺乏清醒的认知。我们从哪里来，往哪里去？在少年的湖边，我察觉出湖水散发出的不安气息，但这种感觉只在我心头闪了一下，便消失了。

下次返乡的时候，我大概还会去那里。

湖水太美了，人们走着走着就会走到那里去。

十六岁之前，我在一条河边度过很多时间。这之后是旅途中大大小小的湖泊、溪流、池塘、泉水，以及海。

如今,相湖成了离我最近的大湖。这样的事实就像一个梦幻,难以置信。我看见湖水,湖水或许也看见了我。可对于一个真正的湖,我又能了解多少。湖的出现是奇迹,也是确信。上天从所有的水中取出最安宁、最洁净、最虔诚的部分,摆在我们面前。

　　它成了湖。

　　一个真正的大湖因此形成。

匣子里的光

在我的童年之夜,反复出现的是那种叫打碗碗花的植物。它妖娆的气息、不祥的形状、邪恶的隐喻,像命运之神在生命之初绕起的线团,让我刚由童话故事中获得的一点点安全感被击荡殆尽。

它们告诉我,世界是灰暗的,危险像严冬里的雪,随时可能降临。

打碗碗花到底是什么花? 我从没有见过它,所有对它的想象都让我抓狂。我摘过喇叭花、小雏菊、紫云英、栀子花、姜花、月季……将它们插入瓶中,别在锁扣里,夹在耳边,嵌入书中。那些花慢慢枯萎,成为薄如蝉翼的标本,成为回忆时的道具。或者,它们什么也不是,被随手一扔,萎谢成泥。

可打碗碗花不是。

它是危险的,是未完成的象征,待开放的花,植物学以外的学说。这种印象来自哪里,和名字有关吗? 肯定是的。除此之外,应该还有一篇立意简单、字数相当的文章,刚好进入一个八岁儿童的阅读视野。或许,那还是由一名穿红地黑点上衣、年轻妖娆的语文老师朗声领读过。这位丰满的领读者看上去很像一只来自异域的红蜘蛛,妖艳,迷人。

那个冗长而无聊的午后,当这位领读者倚靠在讲台前,一只涂了红色蔻丹的手懒洋洋地指点着书上某处,我看见教室坑洼暗淡的水泥地上,爬着一只仓皇逃跑的螃蟹。那是一只河蟹,一对螯足霸道地竖起,上面长满绒毛,在两排课桌之间的过道上爬动,想要攀上那级台阶,向讲台所对的大门方向逃跑。它肯定是由某位调皮的男同学带来,装在某个半封闭的容器里,此刻它从那里跃出,仓皇地逃命。我惊慌无比地看着它,在心里催促它快跑,好似逃跑者不是它,而是我。

那一刻,教室里肯定回荡着齐声朗读《打碗碗花》的声音。那有气无力的拖着长调子的诵读声,夹杂着倦怠慵懒的呵欠声、河蟹嘶嘶的爬动声,中年女教师红色上衣所衬着的那张艳丽饱满的脸,无不渲染出诡异、惊悚的氛围。

它的花瓣是粉色的、黄色的、白色的,或干脆是黑色的,像只碗?唯一让我确定的是,那应该是一朵碗形的花。我见过这样的花吗?或许吧。当我站在田野里,风吹过矮草丛飘来野花的香,远处坟头上结出一蓬蓬红野果,一条游走的青皮蛇在草丛深处向我逼近,那里面或许就藏着一枝打碗碗花。

打碗碗花之后,月亮、枣树、含羞草、海怪、偷鸡贼……相继出现,如果由童年的我来罗列,这个名单将无比惊人的长。彼时,天地刚被一只巨大的手掌撑开,混沌无边。不仅自然中出现的事物神秘回测,白日里遇见的人也让我极为不安。

继遭遇患黄疸病男孩的弹弓追击后,那天上学路上,我遇到了侏儒。我从来没有见过一个大人长那么矮,脑袋那么大,腿那么粗,又粗又短。皱纹像密布的虫子。一笑,那虫子就兀自蠕动起来。一张爬满虫子的脸。好像他不是由这个村庄的女人生下来,而是由更古老的人种流传下来,一生下来就老了。

更要命的是这个很老很老的人,不仅拥有孩童的身高,而且还对小孩子更感兴趣一些。他总是一动不动地站在那堵矮墙下,眼珠子骨碌碌地转着, 混合着孩童的狡黠与成人的世故。他很少坐下来,总是靠墙杵着,像截粗短、敦实却充满邪恶气息的木桩,随时可能以子弹的形式射向你, 将你击倒——如果他的身体再轻盈些的话。

"嗳,小孩,书包破了,本子掉下来喽!"

"嘿,别跑啊,快停下,我来了!"

他的声音里有一股寒风吹进窗户缝里的冷飕感, 我只想快速逃跑,跑得远远的,跑到天上去。我跑着跑着,就忘了他,当想起来又莫名地跑上一阵。等我放了学,慢腾腾地往家里走,路过福泉庵、拖拉机站、晒谷场,远远地看见那截敦实、邪恶的木桩又在矮墙那边出现了。总是这样,能够折磨我的人从来不会那么容易消失。

在村里,侏儒没什么用,没有人会找他帮忙,没有什么重要事情需要他定夺,他最大的用处,或许就是用来吓唬小孩的。

"再不听话,我叫大头来了。"

"还不睡觉,大头就在门外哦。"

"听,笃笃笃,是大头在敲门。"

"大头",大人小孩都这么叫他,他也面无表情地认同这个称呼。当大人领着哭泣的小孩刚好路过大头站立的地方,那位大人准会说,看见大头,还哭哇?小孩看着挤眉弄眼的大头,吓得缩成一团,哭声戛然而止。大头见了,嘴角一咧,笑了,好像对自己的威慑能力感到满意。

一想起大头的笑,我的背后便有一支冷箭嗖地射来。

上学路上如此艰难,还不能说给大人听,说了也没用,他们只会嘻嘻一笑,随口说道,别怕啊,大头又不吃人。大头是不吃人,可我怀疑他体内住着一个吃人的怪物。

那段日子实在难熬。一天清晨,一个平素泼辣的女孩忽然向我展示了她伤痕累累的耳朵,她的耳垂与脸的连接处有一道裂痕。我问她怎么了,她哭着说,被月亮割的!我心里一惊,一直担心的事情终于发生了。有人的耳朵被月亮割破了。以后如果吃西瓜的时候,不小心吞下一颗籽,大概瓜藤也会从喉咙口探出。

女孩走后,我躺到床上,蒙上被子,想着中秋节那天祖母的训斥。

"不要对着月亮指指点点,小心它割了你的耳朵!"

"为什么,为什么月亮会割破我的耳朵啊?"我惊慌万分,赶紧伸手去摸自己的耳朵。

"没有为什么，就是不能指着月亮说话！"

"好吧。那我应该怎么和月亮说话呢？"我满脸疑惑地望着祖母。

"快把指头收起来！"祖母的话充满威严，凛然不可侵犯。

就在我迟疑、困惑之时，我的祖母顺手拈来一个故事，村里的谁谁谁，有一天晚上，因为用手指了月亮，耳根那里就裂了道口子，还好，他马上就和月亮认错了，不然整只耳朵都要被割下来！

"流血了吗？"

"当然流了，能不流嘛，一滴一滴，全滴在石板路上了。"

我从没有见过人血在路面上凝固的样子，可我见过猪血，过年杀猪时喷溅开的血花，开在肮脏的路面上，像一朵朵污秽的鸡冠花。

一天晚上，我在巷子里走，抬头找月亮。那一刻，我的右手一定紧紧地攥住我的左手，或者我的右手被左手狠狠地握住了，两只手哪只也不能举起，哪只也不能越雷池半步。那晚刚好是缺月，我便即兴思索起月亮割耳的道理来。这月亮一定很薄很薄吧，薄得像刀片那样，侧着看，锋利无比，寒光四溅。它是记仇的。夜里，当人们睡着的时候，它蹑手蹑脚，从窗棂间，从门缝下钻进来，靠近指了它的人的床边，悄悄地试图割他的耳朵。如果我们睡觉把被子蒙过头，或许月亮就下不了手。

这个研究心得让我无比紧张和惊异，我当然不敢再用手指月亮，但我可以怂恿玩伴们指，看看是不是真的会被割破耳朵。

"喂,月亮在哪儿?"

"在那儿,那儿,那儿。"

"快指给我看看吧。"

"不指,不指。你自己指。"

现在,有人的耳朵被割破了。她感到疼痛万分,比摔跤疼多了,更重要的是她无法确切获知这疼痛的原因,也无法保证下次不再疼。疼痛加深了畏惧感,这畏惧感又空茫无着落,如清晨河边的雾气、陌上的歌谣,是一切远去事物留下的影子。

许多年后,我和表妹相遇在一个停电而狂风大作的乡村之夜,彼时,我们都已二十几岁,在气候迥异的城市生活,兴趣点不同,共同话题越来越少,而依稀远去的童年却成了宝藏。我们从淹死人的湖泊聊到校园围墙上的白衣女鬼,从打碗碗花给人带来的惊悚聊到隔壁男孩在过山洞时被仙人蒙了口鼻,最后,我们的记忆在"天狗吃月"上发生了分歧。

童年之夜那场声势浩大的示威游行活动,只缘于偌大的圆月忽然不见了。先是天际间只剩下一只小弯钩,弯钩越来越瘦,再瘦下去,只剩一条线,一个模糊的点,最后被一口吞下。是那只看不见的黑狗吞吃了它。我们拎着脸盆、锣鼓、铁器等一切能发声的器皿,倾巢而出。我们疯疯癫癫,大喊大叫,极尽威胁恐吓之能事。在我们的"帮助"下,不一会儿,天狗果然乖乖地"吐"出月亮。完好无损的月亮又回到天上了。

我对那个夜晚的记忆虽为片段,却属难忘。那种世间可能从此无月的心情,强烈而凶猛,可我的表妹对此却毫无印象。

"这是月全食好不好!什么天狗吃月呀!亏你们想得出来。"

"现在谁都知道是月全食啊。"

"那时候我就知道,《小学生天地》上有的!你没看吗?"

我摇头,对此毫无印象。三年之差,表妹上学的时候,各班都订了《小学生天地》,在科普栏目中,很有可能会出现月全食的知识。而我那会儿,除了教科书,并无别的书籍可看。我们不看书,不读报,也不学科学知识,我们游行,敲锣打鼓,保卫月亮,真是好笑啊。

我不知道该如何告诉她那个夜晚发生的事,耳边依稀响起的呼喊声在经过那么多年的持续震荡后,已逐渐减弱,或许将消弥于这个停电之夜。可它们确实存在过。

那个晚上,我躺在床上,想起那位孤独的飞行员。在撒哈拉沙漠上,他遇见了同样孤单的小王子。作为 B-612 小星球上唯一的居民,小王子认出了飞行员那幅独一无二的画。他画的不是帽子,而是巨蟒在消化一头大象。

以后,要是谁能和我谈谈敲锣打鼓拯救月亮的事,或许我们能成为很好的朋友。这样我们便可以顺便聊聊童年,聊聊那些年里做过的傻事……在那个刮风的夜晚,我不无伤感地这样想着,慢慢睡着了。

有两个与月亮有关的童年习惯被我保存至今。每当想到或遇到紧张之事,我的手总习惯性地握拳,还有就是喜欢把被子蒙过头睡觉,以此来躲避可能发生的险情。那枝未曾谋面却在想象中坚韧不拔地开放的打碗碗花,那枚可能会割破耳朵的月亮,它们都在无形地束缚着我,改造着我,让我不可放肆、造次。

后来,当我也开始写作,便想着《打碗碗花》的书写意图,作者是为了保护花吧,可它只是一枝野花,又不是什么名贵的花,值得如此吗?

当童年过去很久的某一天,我无意中读到那篇文章。

    有一天,外婆牵着我从水渠上经过。老远地,就望见草地上的新冒出的野花开得一片粉白,直走到近处,才看清那花儿生得十分异样,粉中透红的花瓣连在一起,形成一个浅浅的小碗,那"碗"底还滚动着夜里的露珠。多么新奇,多么有趣的花儿!我挣脱外婆的手,蹦跳着去摘那花。谁知外婆却急忙扯住我,连声不迭地说:

    "不敢,不敢,那是打碗碗花——"

    好怪的名字啊,我第一次听到它。

    "——谁摘了它,它就叫谁打破饭碗。"

我确定这篇《打碗碗花》就是我八岁时的读物,那句"谁摘了它,它就叫谁打破饭碗"让我熟悉到掉泪。奶声奶气的诵读声,故意拖长的调子,昏昏欲睡的课堂时光,持螯河蟹的乱爬乱钻……所有关于那个下午的记忆瞬间复活了。

    "谁摘了它,它就叫谁打破饭碗。"

好厉害的一句!

如此确定无疑,气势汹汹,难怪让当年的我大惊失色。那,打碗碗花到底是一枝怎样的花?

我开始查阅各种资料,竟找到一个让我颇为诧异的说法:打碗碗花实为统称,各地有将野棉花、牵牛花和芫花等称为打碗碗花的,皆不同。唯一相同的是,它们都带毒。

一朵有毒的花,人们将它叫作打碗碗花!

原来,作者不是为了保护花或碗,而是为了保护儿童。可这世上危险的又何止打碗碗花,能致儿童于死地的东西那么多,如今,放学之路所存的各种危险只让位于一样最可怕最缺乏想象力的事物——呼啸着的咬人的汽车。

在我小时候,汽车还很少。我们不走汽车跑的大路,走小路。小路上出现的事物让我们惊慌又刺激。蛇匍匐在草丛里被当成木棍子去捡,荆棘丛里千难万难地长出鲜红欲滴的小野果却难以接近,岌岌可危的独木桥下汹涌奔突的河水里浮现出一头死羊。越是危险的事物,越有触碰的欲望,只凭着本能和光。

我想起动物世界中的蝴蝶幼虫,它们靠光线来辨别食物嫩芽。光如神的手指,指引它们前进。它们以本能的冲动朝树梢最亮的地方爬去, 等幼虫长大能吃较粗的食物后, 对光的敏感性便遽然而逝。

好似人类童年的猝然终止。

岁月流逝,我已不能完整地还原那条险象环生的上学之路,可仍记得路边的水渠,很窄很窄,比一只脚宽不了多少。水渠连接着东西两边的水田, 将东面的水引至西面灌溉。我很想爬过那条水渠,像一只蚂蚁那样爬过去。我恨不得缩成蚂蚁那样的体积。我想趴在水渠上吹吹风,让脚浸在流动的水里,凉凉的,很舒服。有一次,我真的像蚂蚁那样趴在上面,可只爬过去一点点,就害怕了。我毕竟不是蚂蚁, 身下十几厘米宽的水渠随时可能像铅笔头那样断掉。我抓着沟渠的边沿静止不动,可渠里的水流一个劲儿地将我的腿脚往前拽。腿卡在水渠里,每拔出一下,我便晕一次。

所有的童年之梦都执着地停留在对不可抵达之物种的模仿上,像鸟那样飞,像鱼那样游,哪怕像蚂蚁那样爬。我们欲突破渺小肉身的限制,向往庞大世界的魔法。具体到水渠,我固执而无望地做着爬与坠的梦。

除了水渠,我还试着接近一座婴孩塔。塔上有类似窗户那样的小洞。或许只要踮起脚尖,就能看清里面的东西,据说里面埋着夭折孩子的尸骨。

我多么热爱那条放学之路,它位于河滩边,长满荆棘和荒草,大人不去走它,牛和羊也不会跑到那里去吃草,只有我们常常走出满脚泥泞,把草木的汁液染在衣物上带回家。常常是,走着走着,天就黑下来。冬天的傍晚,天黑得特别快。趁着最后一缕光线从田野上消失,我们气喘吁吁地跑回家。一路上,不断有东西牵制和缠绕着我们,要我们停下。可我们不能停。在危险事物降临之前,我们要回到出生时的小屋子里, 让亲人的笑颜安慰我们疲惫而慌乱的身心。

　　巨大的体力与精力的消耗，必以一场来势汹汹的高烧作为总结。所有的孩童大概都曾发过生命中最严重的一次烧。据说，人在长骨头的过程中，都是要发烧的。我们从一无所知到适应这个复杂的世界，也都以一次次的高烧作为代价。我们多么害怕这个世界，又多么渴望以燃烧的形式融入这个世界。

　　那年，我十一岁，上四年级。那位穿红底黑色圆点上衣的女教师因与一位男教师谈恋爱被辞退了。经验丰富的老教师到来后，我们留在课堂上的时间越来越长，所有的时间都花在计算、抄写和背诵上。放学路上，我们低着头，匆匆往家赶，为新发试卷上的分数感到羞耻。它们像钉子一样顽固地进入我的梦境。也就是从那时候开始，考试的梦取代了飞翔的梦；低头写字的梦取代了河滩上捡拾鸭蛋的梦。

　　那是六月末的一天，时令已进入夏天。我又被那位勤勉的老教师留下来订正试卷。被允许回家的时候，天已半黑。老教师无奈地挥了挥手，冷冷地说，你先回去吧，明天再留下做题。当走到校园里那丛美人蕉前，我无声地哭了。眼泪掉在石砌的花坛前，感到自己已经没有了明天。布满红叉的试卷和老教师古板沉郁的脸，多么可怕。

　　我走出校门，想也没想就往那条险象环生的放学之路上走去。之前，我走了大半年的柏油马路，那是家与学校之间最近的距离。那条路上遇见的大人肯定会问我：为什么那么晚放学，肯定是被留校了吧？说到这里，他们就会发出肆无忌惮的大笑——多么可怕的笑。我想慢慢走回家，我一点也不想回家，家里人也会问这问那。当然，他们还会同情我、安慰我，表现出无比的善意——这只会让我更加烦躁。

我轻车熟路地走到那条荒僻的路上。我差不多已经忘了这世上还有这样的一条路。它们太荒凉了，根本没有下脚的地方。这不是路，而是一片荒草丛。我没有被路上新出现的小花小草吸引，我茫然地跨过它们，心里慌慌的，无助又孤独。我好像被换了一颗心，再也回不到从前了。

后来，我遇见了鬼火。

我跑着的时候，感到后面有一团绿光在追。我越跑越快，绿光也跟着跑。我终于想起这就是爷爷所说的鬼火。我对自己说别跑，千万别跑！可脚根本不听我的，它自己要跑。当我跑到家门口时，天已经完全黑了。他们在灯光下看见我的时候，吃了一惊，好像我身上发生了什么了不起的改变。当天晚上，我发烧了，身体烫得像一截炭火，连呼出的气息也是烫的。所有的过往在体内燃起一场大火，骤然而起的寒战则像一阵瓢泼大雨，将灰烬里还未全熄的火星再次灭掉。高烧之后肉体的倦怠感以及精神上首次出现的虚无感，将我陷入关山重重的灰暗情绪里，此生永远跟随着我。

那是记忆以来最严重的一次发烧事件。河水漫过堤坝，童年沉到水底。如果说它曾经是一束光，那么现在它已被扎紧锁牢，投进黑暗的匣子里。再去学校时，我的体温已恢复正常。很多年里，我不再发烧。好像身体内部的抗争，已提前用尽。我努力适应学校生活，上课，做题，考试，排名，补课，冲刺。周而复始。

关于月亮，不，还是说月球吧，物理书上说，同一物体的惯性，在月球比在地球要小。一切由于空气阻力造成误差的实验都可以到月球上去进行。月球以每年十三厘米的速度远离地球，这便意味着，这颗神秘的星球，总有一天会离开我们。从此，我不再想是否会被它割破耳朵的问题。

十九岁那年暑假，我经历了成百上千次大大小小的考试后，满身疲惫地回到村子里，与侏儒劈面重逢。他开着一家免税小店，生意还不错。我对他的畏惧早已悄悄转化成同情，甚至怜悯。他的境况显而易见，一个男人不能没有女人，他和村里妇女的苟合之事，通过窸窸窣窣的邻里谈话传到我耳边。他当然不再站在矮墙前吓唬小孩，现在的小孩也没那么容易被吓着了。

我到他店里买东西，他爬到凳子上给我取时，和边上一个妇女笑着说："她小时候常被我吓跑，现在都这么大了。"

侏儒语气中的随意与漫不经心，让我一阵战栗。那个晚上，我又做梦了，梦见自己站在一堵矮墙前，墙上瓷盆里开着一簇鲜红的花，那花红得无比凄艳，就像是假的。梦醒后，重新找出那篇叫《打碗碗花》的文章。这次，我看的是完整版。文章里那个孩子到底还是摘了花，并且那花并没有让碗碎裂，儿童不应该去信打碎碗这种话——为什么要这样写？明确地告诉大家答案真的好吗？

《打碗碗花》根本就不是一篇讲述童年敬畏感的文字。它的主题更复杂,其实是更潦草、更简单,是那个简陋、粗暴年代的思维结晶,没有谁能够从那样的空气中获得观察生活的乐趣,除了孩童。他们的大脑是一座未经修剪的花园,本能地忽略说教和主义,只把最具神性的部分发扬光大。

当然,这世上并没有什么东西是给儿童专用的,除了他们与生俱来的眼睛与心灵。童年多么短暂,短到还没真正开始,就要结束了。

"有一条伟大的河流需要我们跨过。但是,并没有一座伟大的桥。"

就算有,那也是一座危桥,桥边没有栏杆,没有扶手,没有任何防护措施,什么都没有。甚至连桥本身也会随时被取消。这么多年,我只对人们跨越与告别河流的仪式感到好奇。各种扑朔迷离的事件、葬礼、洪水、饥饿、考试、家庭暴力和街头恐怖,都有可能导致那个仪式的缺失。

我们从来都是没有任何准备、任何仪式,从童年的河滩,直接走上成年的街头。

流水今日

一

　　城市小区,扔浮标似的,把人一个个扔进汪洋大海。里面的人要是不主动露面,又拒绝提供电子邮箱、微信、电话号码、住址定位,别人便很难找到他。如今,我就住在这样一个极其安全、很难被过去的人找到的地方。每天,从院门前经过的人,我一个也不认识。当然,他们也不认识我。

　　要是在从前,这是不可能的。那时候,我不仅能叫出每个来到眼前的人的名字,还知道他们家里人的名字,知道所有该知道和不该知道的一切。

　　从什么时候起,我的世界忽然变得安静了,所有事情都发生在远方,在报纸上、电视里,或记忆中。这是一种很奇怪的感觉,好像真正的生活已经远离,视野所及,没有人死去,殡仪馆的车不曾来过这里,救护车也很少来。大概,人们都死在医院里,从医院直接去了那个地方。

　　我总是很难记住此地遇见的人,哪怕那个人是我的邻居,彼此还有过短暂交谈。有一次,我在小区外面的文具店里碰到一个年轻男人,看着面熟,对方也有点头致意的动作,却怎么也想不起来。后来,在家中院门口再次看见那人,才恍然。他就住在我的隔壁,两家共用一堵墙,还听得见彼此卫生间里的流水声。我不敢保证下次再见还能认出。这个地方遇见的人,我从不知他们的姓名、年龄、职业,只有一闪而过的模糊的脸,与任何过往岁月无关。

　　而在老家那边,哪怕幼时认识的人,我也记得名字;哪怕名字所对应的脸庞已衰老得不成样子,我也能辨认;哪怕那些人已经死了,我也还能想起来。

　　母亲根本不知道这些,以为我全部忘记了,因此过上了好日子。有一次,不知为什么吵起来,母亲忽然充满怨怼地说,你倒好了,躲得远远的,什么事情都没了。说着说着,忽然抽抽噎噎哭起来。那一刻,我完全无动于衷,甚至有些迁怒于母亲,也不想想,我本来就是自由的。

　　在母亲眼里,我是不负责任的逃兵。而我,很高兴自己突围成功。无论结局如何,走出去再说。要是还待在里面,想想都得疯。逃跑是确定无疑的事,但能否逃得过命运的裁决却不一定。

　　我小时候生活的地方,四周都是山。无论从哪条路出发,不出十分钟,就能躲到大山的环抱里。那时候,我经常这么做,看见计生干部进村,预感到灾难即将降临,一旦闻到暴力弥漫的气息……马上跑到山上躲起来。山真是完美的庇护所，你只要找个地方蹲下去，眼前除了树丛、灌木、山石、苔藓，什么也看不见了。世界消失了。除了你自己，除了头上飞翔的鸟，没有人知道你在哪里。山是一个矛盾体，既让人感到安全，又有一种隐秘的不安促令你快快下山，回到人群之中。

直到今天，我在城市的街巷里行走，某些时刻，还会有一种无来由的慌乱感拂来，就像当年站在山腰，眺望山下世界，下面越是声息全无，灾难越可能提前降临。

母亲的问题一直没有解决，或许永远也解决不了。人们可以开山辟路、遇河搭桥，可以上青天揽明月、去大海捞针，更不必说漂洋过海、远走他乡……这些都不难办到，难的是以一己之力去改变另一个人，哪怕那个人是她的第一个孩子，是生命骨血的一部分。对于此事，母亲一开始逃不掉，到后来其实可以逃。但她没那么做。她的"奉献""牺牲""坚忍"等等美德，并没有换来"云开见月明"，反而在泥淖里越陷越深。我奉劝她放下，再这样下去，不是帮他，而是害了他。爱既是蜜糖，也是砒霜，你以为给的是蜜糖，很可能是砒霜。

成功突围的我，就像来到一处高耸的山冈，开始扮演诸神的角色，对着孱弱无力的母亲指手画脚。母亲当然不会听，听进去也做不到。最让她无法接受的是，原来自己的爱不仅毫无用处，还有害。它是毒药，是砒霜。她因此感到委屈、不解，甚至哭泣。

哭过之后，还是照旧。母亲依然认定自己所为是有意义的，理由是很多人都这么做，甲乙丙丁等等，现实生活中总不缺活生生的例子。本来,母亲想去的地方就是家庭,就是血缘,就是命运,那是她心心念念的归宿。

自然,成功逃离的我也没能就此过上云淡风轻的日子。过去的一切不过是隐去了,就像河流改道,流到地底,肉眼不可见了,但依然存在。流水声依然从睡梦中传来,因为不在场,反而更感到莫名的恐慌。

我没有被漩涡卷进去,但亲人都在里面,眼睁睁看着,无法拯救,纵然舍身跳下,不过是多一个溺亡者。在我们家,已经有三个人死去了,祖父母与早逝的父亲。临死前,他们大概都感到了某种遗憾,但谁也没有说出来。他们沉默地离开,没有愤怒、悲伤、怨恨这些东西,只有死亡来临时的解脱。或许连解脱也谈不上。死亡对于生命到底意味着什么,是活着的我所无法体味的。

还记得那天早晨,我离家去火车站,路过昏睡的祖母床边,后者自从跌断股骨后,再没能爬起来。此行便是为探望祖母而来,如今又要走了。站在祖母的床头可以看见后山,即使身体再低下去一些,也能看到起伏的山顶和顶上一两朵帽状白云。也就是说,祖母即使仰卧在床上,也能看见那山和那云。

一间能看见山的房间里,躺着一个骨头折断、体力尽失的老人,噬骨的疼痛让她一次次陷入昏迷之中。那是祖母留在我记忆中的最后印象。因为俯身看山那一幕的存在,我无端觉得祖母的一生比别人看到了更多的东西。

二

　　在致力于塑造"光荣妈妈"的年代,祖母当了母亲,可她本人的生育史不仅毫无辉煌之处,甚至显得颇为暗淡和寒酸,这也是她后来遭人诟病的原因。祖母只孕育过两个子嗣,一个幼年便夭折了,另一个也没能活过五十岁。祖母死时,丈夫、独子都已离开人世。在我很小的时候,在妹妹出生后,我被大人抱去与她共寝。七岁那年,我才从祖母的房间里逃出来。我并不怎么喜欢她,甚至有些害怕她。祖母并不把小孩放在第一位,没什么事情能大过她手头正在做的事,她总是把精力花在自己的事情上,那是她的事业。所谓的"事业",也不过是织网、纺棕榈线、念诵经文这几样。祖母把它们看得很重,至死,都没有让自己陷入无所事事的境地。

　　母亲则完全不同,她具有自我牺牲的美德,直至牺牲掉所有体力和健康,也没能让自己和家人过得更好。

　　成为母亲,或许是一个女人最大的宿命。她的本能、智慧、天赋,她的谋略、眼光、性情,都在此显露无疑。母爱是本能反应,本身并没什么值得夸耀的,但如何理性地使用它,艺术地建构它,懂得边界和进退,实在是一门大学问。

　　写这类经验的文字总是很少,能发人省思的更是罕见。我走上写作这条路,大概也是因为想要弄明白发生在自己及家人身上的一切,对于自己以及有类似经历的人到底意味着什么。私人经验如何突破社会道德束缚汇入集体经验的洪流中,促成普遍的反思与进步，是一条与"成为母亲"同样艰难的道路。

英国作家蕾切尔·卡斯克在《成为母亲》一书里记录下整个初为人母的过程，里面有一种"凶猛的警觉性智慧"，可谓惊心动魄。"孩子在身边时，她做不了自己，孩子不在时她也做不了自己"，与别的事情不同的是，母亲的角色一旦确立便伴随终生，无论本人是否愿意，都没有终结的那一天。文章直指做母亲的艰难处境，认为母爱是封闭政权，成为母亲的人不再与时间同步存在。

如此真挚恳切的自白，却给那个既是作家也是母亲的女人带来灭顶之灾。当年，在护送女儿上学的路上，为了躲避人行道上的抗议者，她不得不把自行车拐到汽车道上。

在人们眼里，所有与母亲一角有关的"灰暗体验"既是隐私，也是禁忌。他们完全了然其中存在的深渊与阴影，就是无法坦承，也不允许别人这么做。因为，谁都明白，没有人可以每一天都爱自己的母亲，作为母亲大概也无法做到每时每刻都把孩子放在生命的核心区域。

我相信，在我母亲的潜意识里，对子女的情感之复杂程度完全超乎他人想象，尤其是在多年超负荷付出仍然一团糟后，内心的疲惫与辛酸可想而知。

某些母女见面的时刻，母亲曾半开玩笑、半认真地说："就算哪一天我死了，他也只会惊讶地说，我的妈怎么就死了呀，好像我是要永远为他服务似的，怎好中途退场呢。"母亲的话并没有让我感到太多震惊，在这场注定无法逃脱的关系中，她并不是天生的盲者,但自莫名其妙接受这一角色的那一刻起,便终生不可摆脱,就像"红字"之于海丝特·白兰,就像某些国家的犯罪者被判永远佩戴全球定位仪。

尖锐和痛苦是这层关系的底色,当然也有为数不多的温情时刻,成为针尖上沾着的一滴蜜汁,数量微弱,聊胜于无。比如那人随手赠予的一件衣物、一点吃食、一些好处,总被母亲一提再提,成倍复制。那些日子就像钟摆,在创伤和复原之间摆荡,冷与热、明与暗,以不同情绪密集织就斑驳杂乱的经纬线,如此涵纳、主宰着一个家庭隐秘多变的情绪世界。

人们肉眼可见的只有水面之上的波澜,底下的呼喊与求救声宛如隔着深山密林,根本无法听见。早年与人交往,我从不提及家中还有一名如此荒诞的成员,这近乎耻辱。即使后来从事故现场撤离,远走他乡,依然对此讳莫如深。

我不知道自己记录下的一切是否值得,是否因触及某种"真实"而具备基本的书写价值?任何经历既可能成为写作素材,也可能一无是处。写作宛如在没有路的地方开辟道路,它不是来回踏步留下的脚印,不是泳池里往返的泳手,更不是跑步机上的运动健将。在我这里,这是一条"回溯"之路。当结局书写完毕,不容篡改,回望时所勾留的一切便成了叙述的根本。哪里有闪烁的萤火,哪里的冰面布满寒霜,哪里的旷野充满不祥回声,值此回首之际当可看得一清二楚,可又绝非易事。

所有亲情关系中,始终存在无法准确描述的区域,词语对此束手无策,理性绕道而行,以理智之眼观望情感也是后来的事。尤其当我自己也成为母亲,忽然发现母亲这一角色充满救赎意味,当事人甚至会产生一种绝无仅有的在伟大事业面前的受挫感。每个生命体自脱离母胎那一刻起,便拥有自身的运行轨迹,在可能成为孽子的道路上越走越远,人们根本无法阻止这样的事情发生,反而很有可能以爱之名加速它的进程。真是惊心动魄啊,一个人活着,却要为别人的命运担惊受怕,永无休止地承受,没有终结的一天。至此,"母亲"已不是单纯的角色,而是信仰,它充满矛盾和痛苦,却毫无解决的希望。

某一天,同为母亲的三个年轻女子,为着各自孩子的教育问题在饭馆里相聚。那个突如其来的话题,忽然撩起过往幕布一角,谁也没想到在彼此身上还存有共同"秘密"。短暂的沉默之后,有人干脆和盘托出,言者神情如常,似乎已不值一提。闸门就此打开,洪水奔涌而出,相似的原生家庭,那样的母亲和哥哥,类似的情感处理模式,好像是经上天之手随意复制,到处撒播。那一次,我们交换了对母亲们的理解和怨怼,对此类事件的处置态度,以及如何预防自己的孩子成为那样的人。我们很怕某些错误像遗传病代代相传,得不到有效纠正,甚至卷土重来,愈演愈烈。

那是我平生第一次在半公开场合谈论家事——与文章里自白似的诉说完全不同。我发现自己不再激动,就像谈论一件没有立场、毫无希望的事,之所以还能引起谈论的兴趣,只因为此前从来没有这么做过。

三

通过蜂巢快递柜，我源源不断地取出母亲寄来的吃食——土豆、腊肉、大米、面粉。甚至，还有蔬菜。母亲不顾我的反对，一次次将它们打包快递给我。不是我不需要这些食物，而是它们的出现总引起我情绪上的波动，好像我收到的不仅是美食特产，还包括当年所置身的事故现场。我总是惶然不安、情绪激动，好像苦心经营的宁静生活瞬间被击破。

很多时候，那些食物只作为冰箱一角的收藏品，于低温环境中走完它的储存周期，再被无情地处理掉。或成漏网之鱼，发现时已是一堆面目模糊的腐烂物。我愧于见到它们的样子。

无论何种场所，我总无法大声而果断地赞美家乡美食，它们带给我的美好和阴影一样多。尤其是气味，当偶然闻到某些气味，与此相关的记忆也会在脑海里复苏，连绵成片，把凹陷和虚空中的事物都拖拽出来，连暗影也囊括其中。我不知道，是否因此最终导致我对任何食物都缺乏足够兴致……它们不过是果腹之物，隶属于自然界三大基本供能物质，实在无须任何抉择。

我向来缺乏享受生活的天赋，更不能以无所畏惧的心态去度过每一天，好像一旦悠闲地坐下，位于暗处的东西就会自动跳将出来，将建在沙砾上的一切捣毁殆尽。当年周末从寄宿学校返家的途中，脑海里全是房间里的门窗家具被砸烂、捣毁，现场一片狼藉，恨不得找个洞穴躲起来，永远不必面对这些。

在心理医生所管辖的领域，有一种叫"沙游"的心灵疗法，参与此疗法者可在沙上自由进行各种搭建活动，直到将紊乱的材料和对象，一一赋予某种可理性运行的秩序。那沙上所呈现的，往往也是被治疗者内在心绪的反映，以及对混乱意识的修正。一开始，参与者尚不能全情融入，直到无言的沙成为隐秘的语言，疗愈才真正开始。

我不知道母亲以何种方式疗愈，劳作、睡眠，不停歇地劳作、一沾枕头就能睡着……是母亲的日常惯例。母亲的身体在疲惫和快速恢复体力之间频繁切换，瘦弱的身体内好像藏着一架永动机，可无限运行下去。唯一的放松时刻在黄昏时分，眯着眼，喝一小杯温热的黄酒，算是对熬过一天疲惫生活的庆贺。想起小时候，农忙时节，他们给家里那头老黄牛也喝酒，在热黄酒里面打上几颗生鸡蛋，鸡蛋花在棕色酒液里丝丝缕缕散逸开来，有股温热的气息。后来，因为胃病，母亲不得不放弃那仅有的一点安慰。

今日的我与今日的母亲，俨然成为两个王国里的公民。母亲还在围城里，而我即使突围成功，也不过被放逐到一座漂流岛上，岛上住着何人，有何风景特色、历史渊源，我一无所知，也不想知。从此，一个魂不守舍的逃离者开始了命定的漂泊之旅，语言取代美味佳肴和锦囊妙计成为行囊里的必需品。文字既是记忆的容器，也是记忆本身。我接受了宿命中的职业，就像母亲在她儿子面前让自己处于永恒的母性状态——无条件的爱，近乎完全接纳，不离不弃。

四

有一次,不知为了什么事,与母亲聊起妹妹,我说妹妹很辛苦,叫她也要匀些时间精力多加关照,尽量做到儿女公平——母亲嘴上没说什么,神情却颇有些不以为然。难道是觉得妹妹并不辛苦,更辛苦的人是自己?那一刻,我多少有些震惊,震惊于她的偏心。这是我早就知道的事实,但总不能完全相信。平常,母亲对这些子女都是蛮好的,但我心里知道,她其实早做了选择,这是一种本能,根本没有精力可平均分配。

后来,与生了二胎的朋友聊起此话题,朋友说,这没办法,人类的本性就是如此,哪怕都是自己生的,也会有偏爱;或偏爱于弱者、长得好看的、性格乖巧温顺的、性别为男的,都有可能。

母亲常年扮演"救火英雄"的角色,主要服务对象为家族中的男性公民,此为她一生事业的根本,哪怕以失败告终。

罗素在《幸福之路》一书中谈道:"一个被宠坏的儿童比一个在童年时受到冷遇的人,更不容易获得健全人格。"

这也是母亲及家族中的成人所做的。即使后来面对刑事案件,儿子误入传销团伙涉嫌境外赌博被抓,母亲也是逢人就说,她儿子是唯一赢了钱的,他们不让他回来,要他带更多的人出去,如此才出事。那种境况下,她还在宣传自己儿子的"智商",真让人哭笑不得。

有时候,母亲也会以解剖学家的精准、杂文家的犀利来痛斥儿

孔雀的呼唤

子的是非曲直,对自身处境看得异常透彻,比任何局外人都明白。但并没有用,总是在一番痛彻心扉的剖白后,再重复从前的日子。

童年对一个人的影响几乎是所向披靡的,后面再行何种补救措施,都是徒劳。可是,当另一名儿童在这个家庭出生、成长,却不得不延续相似的教养方式,这才是让人唏嘘的地方。

从什么时候开始,母亲寄希望于下一代?那是命运未曾显现的结局,她要为此努力,但具体方法仍是照旧,完全不得要领。即使时间倒流,回到从前,依然无能为力。可人终归还要继续生活下去,总还有一些值得活下去的瞬间。母亲的办法大概是劳作。她离开从前的村庄,来到一个更靠近县城的地方,失了土地,只得向人家租一块地来种。很小的一块,孤零零的,靠近尘土飞扬的大路,却被她拾掇得横平竖直、井井有条。瓜果蔬菜,四时皆有。她给我所寄的红色与绿色的蔬菜,就来自那里。

曾经,季节交替,生、长、收、藏,我们去山上摘野栗子、拾松针、挖兰花。20世纪80年代燃气灶还没有普及,住校的老师们需要燃木柴烧火煮饭,学生们每一学期都要背够木柴到学校作为劳动课的必修内容——都是母亲与我从后山斫来的。

至今还记得山上的日子,有栀子花、杜鹃花和打碗碗花,有树莓、覆盆子和桑果,很多时候它们隐藏在密林之中,即使近在咫尺,也无法轻易被发现。但母亲有本领将它们一一找出。这是母亲自小就熟悉的世界,闭着眼睛也能看见的世界。空气中弥散着一种让人兴奋的气息,强烈、原始、单纯,就像血液里原本就有的东西,将人与所置身的空间融为一体。那种时候，母亲就像孩童，东张西望，嘀嘀咕咕，似有无数未解之谜在她眼底冉冉升起。

这些年，那个母亲的形象就像压缩面膜，被压制在别的身份角色之下，被自身剥夺了生存空间，丧失了所有光泽与水分。家庭生活中，她费尽心力，却颗粒无收，那块租来的地成了唯一的安慰和出口，长出红色的、绿色的蔬菜，长出长久的希望与短时的胜利，它允许霜雪降临、虫子生长，对所有种子的呼唤和吁请都有求必应。

五

小时候，我经常看见一些垂垂老矣的人坐在自家门口，他们神情淡漠，对路人的行为举止无动于衷，好像眼前的世界忽然消失，一切不过是幻影。也有这样的时刻，他们脸上忽然浮现出某种笑意，很像是自嘲，又好似参透了什么秘密。当暮色降临，他们还会出现在河滩头、小树林或寺庙周围，让每个遇见的人无端感到震动，仿佛遭受到某些东西的警告。

在城市里，很少有这样被触动的时刻。老人们的身影很容易被人群吞没。出现在公园、绿道或广场舞会上的老者总给人别一种感觉，好像他们会永远留在这个世上，好像衰老和死亡都是可以被打败的，而诉说着一切都是脆弱的音乐早已随风而逝。

今天的生活很可能是另一个尘世的入口，若干年后，它会渲染出怎样的世界来，暂且无人知晓。母亲和我所在的世界不过是过渡,但从更高的层面来说,两者又没什么区别。

所有人无非是以不同方式,在不同的事物上消磨自己,把一切情感、热望都倾注其中——或是一本薄薄的毫无价值的书,或是一个毫无前途的人,或是一片辽阔的荒原或牧场。各人以各自的方法,运用各自的运数,热烈而持续不断地交付自己,将自身毫无保留地奉送出去。尘世的使命将这些人从头到脚牢牢地罩住了,不允许存有片刻喘息。

这种过分紧张的状态很容易导致生命衰竭,当然,也可能促使别一种勃勃生机。母亲被激发的生命力之强大,几乎到了"变形"的地步。放弃自身生存空间去成全他人生活的稳定与壮健,成为她价值体系的一部分,而所有部分的内容不过是单一的忍耐与无条件的爱。

随着家族中越来越多的人去了那个世界,母亲也多了一份隐隐的担忧,但她担心的似乎只是死后无人祭祀这类具体事——为自己今日所做之事找不到继承者而忧愁。她将这份担忧透露给亲妹妹,早已经定居省城的同胞姊妹感到姐姐的想法非常荒诞。她本人享受城市生活的便捷,很少在清明、七月半、冬至日以及除夕回家祭拜祖先亡灵。人在尘世行走太久,很容易将那个世界遗忘,久而久之,便以为它根本不存在。

这两年,我常端坐窗前一隅,以间断性地观望天穹打发时间。云彩和天空共存的世界,分秒必争,简直是魔幻。人与天空的关系大概是世上所有关系中最奇异的存在,明明抬头就可望见一切,却似隔着千山万水、无数朝代。天上的云从不在一处长久停留,它被风吹动着缓缓飘散,很像人在独坐时的潜意识流动;而云背后那广大、深邃的天空又何其苍茫,白天是清澈湛蓝的水面,入夜则一片星光璀璨。

天空并不是空的,它很像那个世界,人们可以观望它,将凝视的目光投注在它身上,但一无所知。有一天,我终于明白母亲所期待的回报是什么,祖先信仰在她身上顽固地存在着,而血脉延续是其中最重要的部分。她要做守护者,如灯塔守护出海的人。

母亲生活在封闭世界,信仰身体里流淌的血液比流水还要绵长深远。在她近乎闭塞的生活里,从没见过一条河流着流着就不见了;它们会变得冰冷,烈日下蒸发,或泛滥成灾,但绝不会无缘无故消失。

有段时间,我的院子里来了一只白猫。我救了它,它便尾随而来,兴冲冲地给它准备食物、眠床、游乐场,将一份舒适、安心的生活亲手端放在它面前,以为可以将其留下。小猫落落大方,知道以撒娇、卖萌来获得吃食,可能早年有被人类收养的经历。我并没有将它关在室内,而是在院内遮蔽处搭了一处猫舍,任其自由去留。我以为它会赖上这份舒适和无拘束兼而有之的生活,某天清晨醒来,却发现它在一夜嬉戏后再没回来,并从我的视野里彻底消失。家人曾目睹它在小区灌木丛里奔跑嬉闹,将猫科动物的打斗游戏进行到底,并对人类的呼唤置若罔闻。一只猫宁愿舍弃唾手可得的安逸生活,返回朝不保夕的世界——这里面肯定有让人敬畏的东

孔雀的呼唤

西。对猫所去往的世界我一无所知。但我知道，那并不是空旷无物的世界，它的每一寸想必都隐藏着剧烈挣扎的足迹。

无论是猫科动物，还是人类，不过是住在一个个"信"的世界里，它的规矩准则由自己制定和确立，任自身陷入孤立无援境地，不后悔，不怨望，不放弃。

即便如此，当面对母亲存身的世界，我依然感到痛心、失望、无能为力，久而久之，便是回避、逃跑，又不能完全做到熟视无睹，忧虑、内疚、煎熬也随之而来。

看到网上有人以那样的语气叙述自己的情感和家庭经历——几乎与我的一模一样，当事人的坦荡、冷静，甚至自嘲、调侃、黑色幽默，让我不安、震惊，继而羡慕不已。一个人要经历多少绝望、屈辱、野蛮的摧毁，要被多少烈焰灼伤，才能"心如止水"。

我见过触电后的人体。一名垂钓者坐于宁静的湖畔，钓鱼线在上抛过程中与高压电线缠绕在一起。被发现时，他仍坐在那里，焦炭状的身体一动未动，身上衣物几乎被高温熔化，身下草地也被烧成灰烬。电流击穿触电者身体的速度以秒计，人体很快就会陷入无知觉中。与濒死者短暂而即时的生理反馈相比，生者的情感体验才是旷日持久、刻骨铭心，且无法以任何强制手段来终结进程。

六

某一天，我在网上遇见一位久未谋面的友人。不知因了何种契机,俩人聊起过往种种,包括当年我的寡言及古怪性情。这一次,我竟犯了魔怔似的,在那人面前毫无障碍地袒露家族往事,不遮掩,不回避,不吐不快,好像仅仅是为年少孤僻的行为辩解。话题荡开后,忌惮消除,言语滔滔不绝而出,我甚至感到某种言说的快感。

网络那边的倾听者,却陷入明显的游离状态。对方不够及时、略显冷淡的反应,让我感到尴尬,继而自我怀疑。可能这一切根本算不了什么,是自我蒙蔽、自我夸大将此发酵成一桩心灵事故。我宁愿这样。事实可能就是这样。

为此,我很想与妹妹——当年事故的当事人与亲历者,来一场坦诚、深入的交谈。我希望获得亲人的共鸣或安慰,以此证明所有的自我言说并非徒劳或一场虚空。这是个难题。时过境迁,往事以及衍生物早已失去存在的土壤,任何对它的造访都是一种突兀,甚至构成某种侵扰。我感到为难,迟迟未能下定决心。我猛然意识到让人震惊的事实,遗忘或假装遗忘总是容易的,反正这一切迟早会发生。到头来,人就像一根导管,一切流尽,空空荡荡。管壁上什么也未留下。

我想起有一次,也是因为一篇文章,妹妹看见了,问我为什么要写这些,言下之意,现在的日子这么好,何必旧事重提,戳人伤疤。我无言以对。可能,在妹妹那边,事情并没有那么糟糕,她的回避和轻描淡写只基于自身现状及处境的反应。也有可能,这些反应只是日常防御心态使然。可当年,妹妹曾打过报警电话求救。那是在我离家多年后,此事还一度被亲友诟病,好像任何来自亲人的伤

孔雀的呼唤

害,都要无条件承受。我相信敏感的妹妹不会那么容易忘记。

我终究不敢,也没权利去揭他人伤疤。由叙述及语言所切开的深渊里,只住着我一个人。就像反刍动物的倒嚼,我一次次提取记忆储存器里的核心部分,幻想由此找到出路或慰藉。因为这种事情,我已不止一次遭到警告,再如此下去,不仅会失去本来就少得可怜的朋友,连亲情关系也岌岌可危。可我无法停止这一切,好像只有通过这条"回溯"之路,通过对往事和情感的深入挖掘,才能让我对过去、现在和未来看得稍稍清晰些。

我相信那不仅属于我个人的旅程,更是所有人的。一个人在这个世上,不应该是表面上被人看见的模样,局促,困窘,捉襟见肘。

在老家,每当一个人死去,讲故事者便适时登场,死者的生平以一种戏剧化的、动人心魄的方式被说出,早已超越日常生活的琐屑与得失。我总是为其中曲折、怪异、不可言说的部分着迷。当然,我也知道,最好的故事讲述者只能是自己。

家族中最会讲故事的人是祖父,连他也对发生在身边的故事无能为力,他的叹息就像是对一条河流发出的,充满长久的担忧与深深的不安。许多年后,人们或许会遗忘那些故事,但其中的悲伤绝不应该被忘记。

有一年夏天,母亲冒着酷暑去县城的银行取存折上的钱,而存折的主人——母亲的儿子,早已将此挂失作废。他骗自己的母亲说:"里面还有钱呢,你去取吧。但你要把现金先给我。"母亲照做了,她不仅什么也没取到,还遭到银行工作人员的质疑和嘲笑。

这个被转述的场景比亲眼目睹更让我感到震惊和悲伤，无论在昨天、今天还是未来，这种感觉就像潮汐，不断上涨、退去、重来，无穷无尽。我不能闭上眼睛、蒙住耳朵，告诉自己什么也没看见，什么都不知道。

　　我真正担心的是，总有一天，记忆的泥石流会淹没这些，将它们彻底卷走，不留任何痕迹，就像什么事情也没发生。

后记

　　一本与记忆有关的书，也是献给时间和记忆的花束，希望这花不是塑料花、仿真花，而是有真实触感、能散发出独特气味的鲜花，来自血肉和灵魂。

　　将一段经历、一份亲情、一截命运，置于时间的河床之上，任其酝酿发酵，流转变形，最终以文字的形式呈现于纸面之上，是我一直以来所热衷的写作试验。文字是记忆的载体，就像原始人类所使用的绳子，曾被赋予灵性的使命。创作中，我时常想到"竹篮"和"水"的隐喻，写作者恰似打捞者、垂钓者、采撷者，行走于河岸边、梦境里，以手工劳作，以爱和无止尽的耐心，去追逐奔涌的流水。

　　在这本书里，我将人物命运置于时间无常的相里，去辨别，去呈现，去记录。这其中需要使用多少堆叠架构、移花接木、穿插藏闪之术，方能将生活素材转化为纸上作品，唯写作者才了然于心。我不相信有可以拿来直接书写的人生，即使有，也是因强烈情感的作用。有时候，情感是局限，但这种局限往往构成文章的结构，由此说情感就是结构也是合适的。只要我们还活在这世上，还在努力地生活着，这部分文章便可无穷尽地写下去。

我赞同张爱玲所说的，"最好的材料是你最深知的材料"，这书里所使用的素材在我脑海里存在很久了，大概还会继续存在下去。但写作的乐趣不在于它忠实于生活的地方，而在于它与生活之间所取的关系和角度。摄影术中的"变焦"是将拍摄对象推远或拉近，以此实现穿越事物表象的凝视。写作中，从一开始的接近于"如实呈现"到后来的"变焦处理"，我由衷感到一个人所能看见的现实与内心世界密切相关。我们需要不断变化焦点，调整焦距，才能完成更好的"聚焦"或某种程度的"虚化"。因此，对一棵树的记录，或许不应着力于枝上叶片的事无巨细，而应从更幽微、更轻无的地方入手，从它所引发的心灵撼动入手。

加缪说过，"变形"是对生活本身的纠正，也体现了最大程度的"真实"。同一素材因写作者开掘角度和深度的差异，而呈现不同的面貌。而拓宽写作素材这类事情在我看来总略显虚妄。一个写作者在众多素材中兜兜转转，最终发现它们并没有新旧好坏之分，而在于它们能否与你发生"文学"上的共情关系。情感是最重要的驱动力。我着意于爬梳最熟悉、最身体力行的素材，因为酝酿已久、熟稔至极，才能有所觅取和洞察。

写作是未知的旅程，不仅旨在对过往生命的回溯，更是新鲜路径与新的出发。它是语言和心灵的双重历险。一个写作者的语言与她的生命状态息息相关。一个孤独者拥有孤独的语言。一个喧嚣者拥有热闹丰富的语言。语言是写作者行囊中独一无二、不可取代的礼物。

因为对往事的敬意与对"真实"的向往，促使我写下这本书。出于相同的原因，我也告诫自己万不可奔波劳碌，一个人所能获得的一切都藏在她的过往岁月里了。

2024 年 5 月 1 日